Sarah Kirsch

Luftspringerin

Sarah Kirsch

Luftspringerin

Gesammelte Gedichte

und Prosa

Deutsche Verlags-Anstalt
Stuttgart

Reisezehrung

1

Die Augen voll märkischer Landschaft
Das Heidekraut verschwendet sich
Die volkseigenen vogelähnlichen Elstern
Schwingen sich hoch empor. Die Bewohner
Winken ein bißchen von den Brücken
Schnurren exotische Automarken herunter
Und kehren zurück in die Häuser.

Wir sollen den Weg nicht verlassen
Keine Blumen abpflücken, den müden
Wandrer im Wagen nicht aufnehmen, sonst
Schnappt uns der Wolf. Hinter Schildern
Dichtbelaubten Büschen und Bäumen
Hat er Radarfallen aufgestellt und will
Uns schröpfen. Doch wir kennen ihn schon
Und seine weißgepuderten Pfoten.

2

Wir sehen aus der Entfernung den Landsitz
Des Herrn von Ribbeck zu Ribbeck.
Die Bäume werden noch immer Birnen tragen
Aber das Schloß erscheint uns
Wenn wir vorüber fahren
Wie ein glitzerndes Trugbild.

Alles ist unerreichbar hinter den Hecken
Rankenden Blumen flatternden Blättern
Das große lockende geschwungene Tor
Wird uns immer verschlossen sein
Obwohl wir den freundlichen Namen
Klingen hörten vor langer Zeit.

3

So ist der Weg ein schwarzer Tunnel
Wir wissen nicht was draußen geschieht
Und sind den Menschen abgeschnitten.
Flüchtiges Wohlgefallen
Läßt uns Landschaften sehen
Die nicht mehr erfahrbaren schönen.
Da fluchen wir notgedrungen
Auf Schlaglöcher Bullen und lesen
Die altbekannten verwitternden Sprüche
In diesem Niemandsland auf der Durchfahrt.

4

Hier war ich zu Hause, geriet leichten Herzens
Einmal nach Fehrbellin. Auf dem Schlachtfeld
Blühte der Mohn. In blitzender weißer Sonne
Ging ich in der kleinen märkischen Stadt
Durch die buchsbaumverzierten Straßen.
Die niederen Häuser, Soldatenquartiere
Sahen dem Exerzierplatz über die Mauer.
Die Glocken der Dreifaltigkeitskirche
Schlugen einen kleinen preußischen Marsch.

5

Wie im Märchen sollen etliche Türen
Nicht mehr aufgetan sein, aber ich kenne
Was sie versperren den Anblick
Des sanften, des wildüberschlagenden Sees
Seine Fische das Wassergeflügel
Die Schaukel an langen Stricken im Baum.
Wenn ich mich rasend drehte und wie verrückt
Abstieß vom Boden die Blätter erreichte
Die Augen bis aufn Spalt zusammenkniff
Himmel und Erde sich völlig vertauschten
Erschien mir der See sein anderes Ufer
Verzaubert und wunderbar fremd
Palmen standen im Licht, Alligatoren
Trieben wie umgestürzte Bäume im Fluß
Der Schaukel weiter Pendelschlag
Schoß mich an Wolkenkuppeln Winterpalästen vorbei
Die roten Dächer hinter der Eisenbahnbrücke
Die unbewegten Zypressen im Dunst
Rissen mich ans Ufer der Rhône, und die ganze Welt
Lag mir vor den fliegenden Füßen.

6

Ich sah in Wiepersdorf alte Frauen
Pfingstrosen über den Kirchhof tragen
Die roten Blätter fielen schon ab
Und blieben auf den Steinplatten liegen.

7

Als die Eulen zu fliegen begannen, die Käuze
Einladend riefen, lief ich im Park hin und her
Traf die Dichter rings in den Tannen.
Czechowski kam klagend den Hauptweg entlang
O meine Leber rief er fressen die Geier
Ich weiß nicht wo ich fürderhin bin
Aus der Harfe des kopflosen Orpheus
Hörte Edi das Sirren und nickte.
Leising und Mickel lehnten am steinernen Söller
Als eben der Mond über Jüterbog makellos aufging
Sie tranken spanischen Rotwein von Fries
Und skandierten herrliche Stücke, Grabbe
Hatte den Finger ins Windlicht gesteckt
Und machte Elke eine lange Erklärung. Braun
Dachte einesteils andrerseits und erwog den Gedanken
Sein Schauspiel zum siebten Mal zu verändern
Da trieben uns die reinsten Akkorde
Die Stufen hinunter und ich riß die Tür auf.
Bobrowskis schöner Pferdekopf
Sah uns übers Harmonium an, ihm gehörte
Der Wintergarten mit den litauischen Bäumen
Er warf den Schneesturm an, spielte
Wolfsgeheul mit zerbrochnen Registern und Hymnen
Auf Texte von Brockes. Die flackernden Lichter
Die schaukelnden Bäume zerspringenden Gläser
Fliegenden Stimmen in dieser einzigen Nacht
In Bettines Haus. Die Schatten der Freunde
Zerstreuten sich in alle vier Winde.

8

Ich mußte eine Menge Zaubersprüche lernen
Mit großer Kühnheit im preußischen Wald
Pentagramme kritzeln das kleine Land
Bei Nacht und Nebel verlassen die Könige auch
Und wieder frei sein.
Die grauen Feldjäger die fleißigen Flurhüter
Hatten das Nachsehn. So halten sie mir
Heute und morgen den Schlagbaum geschlossen.

Ich gedenke nicht am Heimweh zu sterben.
Unauslöschlich hab ich die Bilder im Kopf
Die hellen die dunklen. Ich kann in Palermo sitzen
Und doch durch Mecklenburgs Felder gehn
Auf gelben Stoppeln schwenkt mir der Bauer den Hut.
Die Schwalben stürzen und steigen vorm Fenster
Vertraute Schatten, sie finden mich
Wo ich auch bin und ohne Verzweiflung.

Großer Stern

Die versunkenen verwachsenen
Feldherren in ihren Sträuchern
Recken gebieterisch Hand und Degen
Bevor der Turm mit der silbernen Kugel
Sich mächtig ins Bild schiebt
Von Zeit zu Zeit seh ich ihn gern
Doch als er sein strenges Licht
Mir jeden Abend über den Tisch goß
Die zivilen Herren und Steckbriefträger
Vor meiner Tür und im Fahrstuhl standen
Hätte ich dieses Potenzminarett
Gern in den Himmel gesprengt.

Naturschutzgebiet

Die weltstädtischen Kaninchen
Hüpfen sich aus auf dem Potsdamer Platz
Wie soll ich angesichts dieser Wiesen
Glauben was mir mein Großvater sagte
Hier war der Nabel der Welt
Als er in jungen Jahren mit seinem Adler
Ein schönes Mädchen chauffierte.
Durch das verschwundene Hotel
Fliegen die Mauersegler
Die Nebel steigen
Aus wunderbaren Wiesen und Sträuchern
Kaum sperrt man den Menschen den Zugang
Tut die Natur das ihre durchwächst
Noch das Pflaster die Straßenbahnschienen.

Hundsveilchen Bitterklee

Das Unkraut die einfachen Blumen
Waren seit langer Zeit
Aufgebrochen die Gräber zu schleifen
Die zerfallenden eisernen Kreuze
Die glatten härteren Steine
Nannten die Toten beim Namen, die Zahl
Der irdischen Jahre ich sah
Viel Unrecht, zum Beispiel Marie
War nur ein flüchtiger Gast
Ich zähle und sehe es zählt überhaupt nichts
Teufelskram Blendwerk elender Trost ach Marie
Wärst du in Ehren oder im Elend ergraut
Du gingest seit Jahren nicht auf der Erde
Nessel Raute und Fingerkraut
Wächst aus den Gräbern
Die Schneckenhäuser im Gras sind leer.

Valet

Hier stößt sich der Blick an Steinen krumm und blind
Die Bäume werden im Mai grau werfen im Juni
Kummervoll ihre Blätter ab leuchtende Farben
Entspringen Reklametafeln gewaschenen Autos
Ich will nicht länger auf dem Balkon
Die eine zerfressene Rose
Liebevoll anbinden mit Chlorwasser gießen
Und obwohl diese ehrliche Stadt
Unvergleichbar allen Prüfungen standhält
Die Glaser immer ihr Brot finden werden
Will ich sie lassen mit Mann und Maus.
Ich will hin wo das schwarzbunte Niederungsrind
Brüllend den weißen Horizont abläuft
Moore nächtlich den weißen Alp ausblasen
Verschlungene Träume von Entsorgungsanlagen
Der modernden Weiden huschende Lichter
Mich rufen und bitten mir herzlich winken
Und ich natürlich untergehn kann gewöhnlich
Mein Schaf mir morgens entgegentritt
Weisen Blicks mir alles nachsieht.

Erdreich

Nachrichten aus dem Leben der Raupen
Der Kuckuck stottert und die gebackenen Beete
Zerreißen sich wenn ich Gießkannen schleppe
Die mir überantworteten Gewächse verlausten Gemüse
Hilflos betrachte, als ich vor Jahren
In meines Vaters Garten ging
Gab es die siebfachen Plagen
Höllisches Ungeziefer nicht und der Boden
Tat noch das Seine, der hier
Ist ein Aussteiger niederträchtig und faul
Ihn muß man bitten den Dung
Vorn und Hinten einblasen sonst bringt er
Nicht maln Pfifferling vor was müssen die Menschen
Das Erdreich beleidigt haben, mir erscheint
Siebenundzwanzig Rosenstöcke zu retten
Ein versprengter Engel den gelben Kanister
Über die stockfleckigen Flügel geschnallt
Der himmlische Daumen im Gummihandschuh
Senkt das Ventil und es riecht
Für Stunden nach bitteren Mandeln.

Das Haus

Diese Sucht zwischen den Regen
In der geschichteten Erde zu graben
Sand oder Torf erscheint wenn ich den Birken
Der Heide mit gierigen Fingern
Blauschwarzen Nägeln Gehäuse aushebe
Feuersteine Torfstecherseelen gelangen ins Licht
Die schneckenbesetzten Sträucher verraten
Daß es lange herabströmen wird
Auf meine derzeit gesäten Körner
Winterharter Singvögelchen und fliegen
Können sie erst ein Jahr später
Ich zerre aus endlosen Nebeln
Den Faden Geduld sehe das Haus
In sanfter Melancholie zerbrochner Wacholder
Ich muß am Kreuzweg in mondloser Nacht
Eines schwarzen eines weißen Schafs Wolle
Vom Dornbusch reißen unter der Schwelle
Eingraben und des Geliebten gebogene Wimper.

Der Mittag

Die wilden Rosen und schwarzen Beeren
Rollen die zärtlichen Ranken aus
Das Fieber geht um im Garten, der Mohn
Betäubt sich und öffnet die Kapseln.
Wie Blitze fallen die blauen Büsche
Gebogen über den Zaun und die Falter
Die gelbgebänderten Wespen, erstarrten
Grillen in brennenden Blumen
Erschrecken mit ihren Augen.

Aus dem Grünen wühlen die Schweine
Das Schwarze die Erde hervor, sie torkeln
Das Übermaß faulender Birnen
Hat sie betrunken gemacht sie durchbrechen
Das Gatter und schürfen den Rücken
An der Rinde heidnischer Eichen.
Laut lacht die Elster sie fällt
Auf meine Schulter sie bettelt
Mirn Ohrring ab Anfang des Waldes.

Die Berührung

Das Rauschen der Bäume die
Schwankenden Sträucher Stimmen der Tiere
Lange leuchtende helle Blumen
Selbst das Netz der Spinne am Fenster
Alles hat die Nacht weggenommen
Wir stecken einsam in den Gehäusen
Nirgendwo ist noch ein Lichtschein zu sehn
Und die Scheibe spiegelt die Lampe
Zwiefach zurück mir durch den Leib
Es ist nicht sicher, träte ich
Gleich aus der Tür alles wiederzufinden
Wie es im Licht stand, und streckte ich
Die Hand nach dem rauhen
Armdicken Stamm der Sonnenblume aus
Ich griffe ins Leere oder berührte
Schmales Handgelenk einer vergeblichen
Sonnenblumenesserin, Schalen und Kerne
Fallen ihr auf die Schuhe über die
Blaue Jacke mit dem buckligen P

Beginn der Zerstörung

Unbegehbar von Mooren umschlossen
Niemals hat ein Mensch ein vierfüßiges Tier
Diese verhexte lockende Wiese betreten
Die Rinde der schwarzen Bäume, Säulen
Des Himmels, berührt, die vielstimmigen Vögel
Auffahren sehen aus geschüttelten Blättern
Wunderschöne Vögel mit Hauben, Spechte
In sehr großer Menge, blaugefiederte Tauben
Und noch die Kühe, stumpfsinniges Vieh
Benachbarten Graslands versuchen mitunter
Den Saum zu erreichen, es heißt sie mißachten
Den eigenen Zaun und zerreißen
Sich Brust und Kopfschild versinken.
Die rostbraunen Wasser betrügerischen Moose
Werfen uns alle zurück. Wir sehen
Die Wiese vom Tau beglänzt Tag und Nacht
Ihre Blumen, die nie eine irdische Hand
Fällte, Sterne, weitverzweigter Halme
Schwebende Kronen, und sind
Von aller Freude abgeschnitten durch
Unser Wünschen, wir in gewöhnlichen
Kuhweiden stehend voll Sehnsucht.

Vorläufige Verwurzelung

Auf den Kälberwiesen steht Wasser
Grasbüschelinseln und hüpfende Vögel
Eiskanten am ausgewachsenen Schneehemd
Die Elstern spiegeln sich schon und die Katzen
Gehen sanft ihrer Wege und jede
Zu anderer eigener Zeit sie schütteln
Die vorderen Pfoten sind majestätisch
Wie ein Sack Scherben klingen die Stimmen
Weidender Perlhühner und immer in Panik
Umgestürzte Schüsseln mit Füßen
Schlagen sie sich selbst in die Flucht

Die Sonne müht sich vergeblich
Der klaren Spiegel der Pfützen halber
Durch die Wolken gelangen im weit
Fortgeschrittenen Jahr, erschöpft sich
In großangelegten barbarischen Untergängen
So sieht die Erde am Ende des Tages
Ungewiß wie ein fremder Planet aus
Mehr noch in der folgenden Nacht
Sternbilder auf mathematischen Achsen
Die vertrauten nicht auszumachen im toten
Weltall oder untergegangen

Wenn ich eins finde muß ich so frei sein
An Raum und Zeit nicht länger zu denken
Sonst flögen die Sterne hart auseinander
Cassiopeia zerkrachte und ich
Hier auf der Kugel ach wassen Stäubchen
Mit meinen ausgeworfenen Ankern

Kindern Katzen Geliebten einhundert
Tulpenzwiebeln im Erdreich Ranunkel-
Händchen daß ich nicht ausreißen kann
Und mich der Irrsinn nicht anfällt

Angehäufter nützlicher Tand
Schafe Post ertrunkener Dichter
Sensen und Sicheln verjährtes Gras
Gummistiefel für schaurige Moore
Schlüssel für Nichts und Wiedernichts
An fernen Küsten habe ich Schwalben
Wahrlich ein Hausstand der leben läßt

Teelöffel der unbekannten Urgroßmutter
Die Verbotenes dachte während ihr Blick
Ranken folgte auf dem silbernen Ding
Hin in den Stall ging Schön
Hühnchen Schön Hähnchen der unverantwortliche
Kuckuck flog übers Dach

Sanfter Schrecken

Der Himmel erinnerte mich
An weiße Veilchen die in der Mitte
Des Kelchs eine Spur Rosa zeigen
Sehr viele weiße Veilchen und ein paar blaue
Wieder war alles gründlich verwandelt
Geschliffene Klarheit vielfache Linien
Die Häuser sehr nah und ihr Innres
Lag durchsichtig vor mir ich sah
Bis in die Seele des Bäckers, die letzten
Erschrockenen Mücken wärmten die Füße
An meinem Fenster, jeder Halm
War geschärft frisch angespitzt und ich zählte
Nebenäste vierundzwanzigster Ordnung
Die Welt bestand aus Einzelheiten
Es war genau zu unterscheiden
Welches übriggebliebene Blatt
Um ein weniges vor oder hinter
Anderem leis sich bewegte.

Reglos

Der Tag kommt an aus den Wäldern
Unsichtbar es schneit in die Grenzen
Von gestern und heute ich kann
Auf der Erde nichts unterscheiden
Alles ist ununterscheidbar und gleich
Die Spuren der Wölfe der Lämmer
Die erfrorenen Hasen deckt Schnee
Er legt sich auf umgeblasene Bäume
Die lebenden will er ersticken
Er läßt die Bäche verschwinden
Moore und Teiche Felder alles ist
Gleich tot und begraben im Dämmerlicht
Sinkender drehender Schnee die Augen
Verwirren sich schwarze Flocken
Asche fällt nicht steigt auf oder der Himmel
Läßt sich herab weil die Geschöpfe sich ducken
Atemlos reglos die Stille wesenlos mondlos
Es ist nicht hell und wird nicht dunkel
Niemand geht auf den Feldern die Felder
Totenfelder wachsen hirtenlos stündlich
Der Schneefall dauert lang wie mein Leben
Ich habe den Namen der Ortschaft vergessen
Und die Straßen aufgehobenen Plätze
Wir befinden uns kurz nach dem Frieden
Wir können uns nicht erinnern was
Alles geschah das ausgelöschte Bewußtsein
Menschenleer gedankenlos kein Licht
Kein Schatten gepunktete Bilder und nur
Die Kraft sich nicht zu bewegen.

Der grüne Doppelgänger

Der Himmel bezog sich flatterndes Dunkel
Steht über dem Sumpfloch vollgetrunkenes
Torfmoos hängt sich erschreckend und schwer
An meines Wiedergängers Füße der sich
Nicht fürchtet unter den Fittichen dunkler
Kriechender Wolken und doch vergeblich
Nach dem Abendstern ausschaut nun schöpft er
Atem und sucht seine einzige Seele
In vielen Wasserspiegeln Kreise zu Kreisen
Geordnet schwarze Beeren abgestorbene Halme
Das rostrote Wasser leuchtet und dampft

Ich stelle die Lampe ins Fenster erwarte
Den Abtrünnigen Stunde um Stunde
Sehe ihn allerwege den treulosen
Unseßhaften flüchtigen Flüchtling
Verknotete Haare zerkratztes Gesicht
Nasse Fußspur verwilderte Worte
Schwenkt Teufelskralle und Rautenzweig
Spiegelt sich schon in der Scheibe geht
Durch das Glas mir in den Leib ist in
Wirklichkeit untergekommen.

Schneelose Zeit

Ende Januar in frostklaren Nächten
Setzen die langwierigen Saturnalien
Der ungebundenen Dorfkatzen ein Schreie
Daß dem Menschen die Knochen frieren.
Später bespringen sich Autos die Pfauen
Brülln fürchterlich diese Sucht
Die Welt mit Pfaueneiern belegen
Und Ochsen erwürgen sich
In dumpfer Erinnerung es ist die
Schneelose Zeit in der die Erde
Einen Aschemantel herzeigt die Gänse
Das Land aus den Lüften betrachten
Viel Unterirdisches sich zuträgt
Die Gasfackel über dem Moor steht.

Der Trochel

Verbogenes Holz das der Wind
Atemlos überfällt und verläßt
Nebel und Wolken ziehn
Durch die ausgebreiteten leeren
Häupter und Vögel und Blitze
Fahren hinein Seufzer
Hingegangenen abgestorbenen Lebens.

Alles war hier vor langer Zeit.
Der zugeschüttete Teich ist gewandert
Den verlassenen Hof hat der Wald
Geduldig zurückgenommen.
Das schwarze Huhn auf der Lichtung
Zeigt sich am Mittag und scharrt
Nach Ohrringen aus Dukatengold.

Die Heide

Die Sonne blendete mich ich ging
Auf irischer Heide
Schnepfenvögel eilige klappernde Flügel
Trugen Herzklopfen ein
Birken schlugen mir grob auf den Rücken
Von weitem hörte ich
Äxte stürzende Bäume
Eine Zeitung die ich nicht lesen konnte
Trieb im Wind, aus den Dünen
Kamen Gestalten mit lichten Haaren
Augen wie Sterne schwebenden Füßen
Wie sie in alten Büchern
Beschrieben werden schossen sich nieder.

Moorland

Erst springe ich über die Gräben
Die seidenen Unterröcke leuchten
Im rostbraunen Wasser der Wind
Bläst mich von Sode zu Sode im Kreis
Roter niedergeschlagener Gräser
Blasen steigen auf aus den Tümpeln
Grünfunkelndes Moos es keuchen
Die zerbrochenen sinkenden Erlen
Speckige Pilze Koboldkanzeln
Bedecken flatternde Maste
Wie Patronen glänzt der Kot wilder Tiere
Der blitzgespaltene kopflose Stamm
Stellt sich mir in den Weg
Mit ausgebreiteten flehenden Armen
Die Ratte die ehdem mein Gutsherr war
Läuft voran auf befestigten Boden.

Spieluhr

Der verwunschene verwilderte Garten
Hält das alte sich neigende Haus
Vergißmeinnichtteppiche blaues Email
In zerfallenden Fundamenten
Ich sah die Mauern der Schmiede den Ring
Ackerpferde zu halten
Roßkäfer laufen am Mittag
Über schmale unveränderte Wege
Der zugeschüttete Brunnen rauscht
Ein Vogel singt mit zerbrochener Stimme.

Unauslöschbares Bild

Das müssen die Vorgängerinnen im Blick gehabt haben im Frühjahr oftmals durch die Jahrhunderte sonst könnte mein Seelencomputer nicht so zu rasseln beginnen Verbindungen knüpfend zu bestimmter Empfindung. Dieses alte einfache Bild ist ein gewaltiger Anblick, das bewirken die Dolomiten nicht nicht der Zürichsee in verschiedener schöner Beleuchtung. Ruckartige Freude, die Gewißheit auf der Erde zu stehn. Nie habe ich ehrwürdige Schränke Barockgemälde alte Ringe geerbt
Nur die Erfahrung steckt in den Knochen
Einer Wiese im fettesten Grün
Gelbe und weiße Blumen und blaue
Glänzende niedrigfliegende die Gräser
Berührende Schwalben in ihren
Schnellen lebendigen Mustern.

Die Entrückung

Die Sonne schleudert unbarmherzige Hitze
Dem Grabenden auf den gebeugten Rücken
Flüche hört er verschollner Gestalten
Den uralten Kuckuck und das Gewese
Der frommen einfältigen Lerchen er sieht
Im weißen brechenden Licht
Wolkenlos Gottes Thron, auf den Stufen
Die heiligen Ackerpferde stehn
Die nun allerorts fehlen.

Steinherz

Kalte Füße mitten im Sommer nach der
Pfingsthitze der Backofenglut endloser Tage
Schafskälte sie geht den geschorenen
Tieren den Menschen hin auf die Haut
Macht ein tragbares unempfindlich
Schönrauhes Herz das die Bilder
Verschiedener junger Kriege
Auf dem Planeten aushalten läßt.

Nach der Nacht im Wirtshaus gehen die Bauern
Reumütig Steckrüben pflanzen im Wind.
Die Bäume verneigen sich und es blüht
Mit blanken Tellern verwunschner Hollunder
Totenaugen im Schatten der Blätter
Selbstvergessenes Plappern und Seufzen
Runde dörfliche Regen
Schütten sich aus und die Vögel
Rufen Menschennamen über die Felder.

Raben

Die Bäume in diesen windzerblasenen
Das Land überrollenden Himmeln
Sind höher als die zusammengeduckten
Gluckenähnlichen Kirchen, und Wolken
Durchfliegen die Kronen die Vögel
Steigen von Ast zu Ast kohlschwarze Raben
Flattern den heidnischen Göttern
Hin auf die Schultern und krächzen
Den Alten die Ohren voll alle Sterblichen
Werden verpfiffen schlappe Seelen
Über den Wurzeln und ohne Flügel.

Katzenleben

Aber die Dichter lieben die Katzen
Die nicht kontrollierbaren sanften
Freien die den Novemberregen
Auf seidenen Sesseln oder in Lumpen
Verschlafen verträumen stumm
Antwort geben sich schütteln und
Weiterleben hinter dem Jägerzaun
Wenn die besessenen Nachbarn
Immer noch Autonummern notieren
Der Überwachte in seinen vier Wänden
Längst die Grenzen hinter sich ließ.

Kleine Vergangenheit

Die Köpfe der mannshohen Spiräen
Sahen ins Fenster und leuchteten
In der kurzen Dunkelheit Ende Juni.
Hollunderlichter schwankten am Zaun
Die Schattenrisse der Hufeisennasen
Standen vorm ausgeblichenen Himmel.

Glashaus

Zäune verlassener Koppeln
Drosseln und Ammern
Ruhlose Seelen fahrendes Volk
Das mich aus Perlenaugen betrachtet
Wenn ich sorglos ohne Bedenken
Über Schwellen steige so süße
Worte im Kopf Bilder vor Augen
Daß noch der Spiegel beschlägt
Herzklopfen schöne
Nelkenbuketts auf den Brüsten der Mund
Vom Allerweltswort dünngeschliffen
Empfindlich wien gläserner Nachttopf
Schönglatt schönrot schaukelnd und
Zweifelnd das Haar.

Leben

Der Wind öffnet und schließt
Unaufhörlich die Stalltür
Winseln und Stöhnen
Rings in den Lüften
Wellen durchlaufen den Körper
Eines fuchsroten Katers der über
Die ungeschnittenen Wiesen geht.

Demetrius

Wie ein Pirol lebe ich
In den Kronen der Bäume
Berühre den Boden nicht
Liebe die Wolken aber der
Falsche Kaiser er wimmert
Nach meiner Seele.

Gezinkt war seine Rede jetzt
Ist er am Ende ich aber
Lebe in den Baum-
Kronen ewig
Lache über den
Falschen Dimitri das greinende
Holz ohne blühenden Zweig.

Funken

Unstet schweifend kam ich
Hierhin und dorthin stets noch
Fand ich Wasser berauschende Beeren
Einen verblichenen Mantel dünn
Wie die Ohren von Katzen.
Reime und Lügen sagte ich
Denen die es danach verlangt hat
Das wuchs nach wie
Eidechsenschwänze und
Schlangenhaut Funken
Sprangen aus der glühenden
Kohle bis die Zeit hier verging.

Luftspringerin

Auf und davon und beizeiten
Den Königen aus dem Blick ich die
Frau Lot bin wieder beweglich was eine
Menge Arbeit gemacht hat in der
Rückläufigen Luft: Etwas habe ich
Herzlich geliebt das hat mich
Fast übern Weltrand geblasen
Eu Gott vor die Hoffnung da ausblieb
Das Würgen mir endlich im Hals saß die
Angst vor immer derselben Suppe. Glaube

Liebe und Waterloo alles zu seiner
Eigenen Zeit Tee oder Kaffee Liberté
Für die hübschen weitschweifigen Flügel und
Abhängige Liebe nur noch zu Bäumen sehr
Heftige Liebe im Untergrund und auf
Ewig. Bis das Papierkontingent
Schwarz geschrieben ist Laika
Eine Art Engel die Luftspringerin
Mir in den Ohren liegt berühmteste
Hündin unseres Klug-
Heitsjahrhunderts.

Verstohlen geht wieder der Mond auf …

Die Wolken zerrissen über dem Moorland
Das fahl wurde und still wie die Ewigkeit.
Der Wind trug aus allen Richtungen
Nächtliche Laute her Gekrächz
Auch von Raben die beugten vom First
Sich zu den Fenstern herab deren Spiegel
Kletterrosen bespannten sie sahen
Ihr Abbild kopfüber in einem Graben
Darunter die Wildheit des Himmels.

Die Raben vergaßen das Haus die
Blumen des Gartens schwarze Meteore
Schwebten sie auf Helgoland zu des roter
Felsen wie ein Klavier im Packeis
Aus dem Eismeer aufragte viel schöner
Als in Italien der Heilige Stuhl mag sein
Daß ich etwas mit meinem Norden prahle –
Mir scheint es ich sage die Wahrheit
Schreibe mit unverdorbener Tinte.

Wegelagerei

Dieses unvergeßliche Grün
Und ein falber Schein
Über die Erde geworfen ich geh
Durch die Sümpfe mein sanfter Hals
Stößt vor in ein anderes Leben.

Die Schwestern Brontë fahrn auf dem Fluß
Mit Hüten wie Eisentöpfe
Einer mähte am Ufer das Gras ab
Wirft den Brunnen an im
Zerfallenden Haus

Für Barttassen Brautlaken
Bäuerlich königliche
Nachtgeschirre das goldene Licht
Machte ihn närrisch bewegliche Schatten
Hochfahrender Wolken.

Landeinwärts

Lieber lieb ich den
Himmel die graue die schwarze
Luft als das faßbare Meer Gischt
Rosig vor Sonnenaufgang die Wellen
Traumhaft getürmt vor noch die Flut
Alles verschlingt viel Zeit
Für ne Abschweifung eingeschlossen
Verschiedene Aussicht die schöne
Grimmige Welt zum Küssen
Nah der Geliebte inmitten
Rollender Herden und später
Fliegen leichtfertige Bilder
Durch meinen Kopf prächtige Vögel
Sagen ins Ohr weshalb
Ich hier ging eine weiße
Springflut überm bröckelnden Haus
Die Fugen zierliche Schlangen
Bewegen sich und mein Maul
Lacht wenn alles zerbricht.

In den Wäldern

Die Gedichte des Herrn Lars Gustafsson
Lese ich in der Frühe wenn sich die Sonne
Ein weißer abgegessener Teller langsam
Durch den Nebel schiebt die erwachten
Vögel Geschrei anheben in zerfallenen
Dörfern viel verschiedne Naturen
Straucheln durch die Linnéschen Wälder
Schwarze Hunde auf starken Pfoten
Schiefschultrige Billardspieler Erfinder
Von Reisemaschinen es regnet
In Moose und Farne und Knechte und Mägde
Gehen von einer zur anderen Stunde
Verloren, Kryptogamen ins Netz vor der
Baracke auf einer unbesonnenen
Lichtung im Niemandsland stehn
Die nicht die verlangten Papiere besitzen
Königliche Hirsche auf krachendem Eis
Ich erkenne den ukrainischen Dichter
Dem die Puschkinliebhaber die Lagerfürsten
Leben und Manuskripte abjagen Juden
mit weggeschnittenen Wegen N. auf der Flucht
Vor preußischen Steuereinnehmern Engbrüstigkeit
Überkommt mich wie Simon Dach im Gemäuer
Lautlos sterben die Bäume in den verworrenen
Den schwedischen Wäldern wenn wir
Alles gesehen haben uns zwischen
Algen und Flechten für immer in Wind
Nebel in Dorn und Hagedorn verlieren

Die Ankunft

Der leuchtende Landstrich
Heißt mit Wasserlilien willkommen.
Schwarzblühendes Feiertagsgras
Kniekehlenküsse und Zittern
Ausgebreitete Schatten im Wind Brach-
Vögel mit lächelnder Miene
Der geschlängelte der baumgefiederte Deich
Und Wolken von Schafen verteilt Treppen und
Stege dies Seelenländchen ein grüner
Himmel auf Erden die nimmermüden
Überquellenden Knicks sind ein Halt
Für meine weitsichtigen Augen.

Überfahrt

Schwarze gemauerte Wolken
Der letzte unverborgene Stern
Krähen die zum Abendmahl fliegen
Ein Licht wie Feuer das Stroh küßt
Die Schneise im Fluß hinter dem Kahn.

Die Verwandlung

Die Landschaft ward nun von
Fliehenden einträchtigen Katzen und
Mäusen bestimmt platzenden
Vogelschwärmen mörderischen tieffliegenden
Festungen aufspritzenden Erdfontänen.

Der Nordwind

Die hochaufgebauten fliegenden Wolken
Der Ebene himmlische Berge durchdringen
Vom Nordwind zerstört aufs neue getürmt
Die geschliffenen Speere blitzenden Lichts.

Eh noch die breiten Ströme die Ozeane erreichen
Jagt der Wind Wassersäulen über die Ufer
Die dem Menschen nichts als Ungemach bringen
Häusern trug er das Dach fort die Nothelfer
Stürzte er nieder schlug ihre Knochen in Stücke
Während das aufgewickelte Stroh wie ein Wollknäuel
Hinter dem Mistplatz über Zäune und Wiesen hinrollt.

Lange riß er von den Bäumen die Blätter.
Manchen Riesen warf er zu Boden wenn es gelang
Eine Bresche zu schlagen oder einen der hohen
Freistehenden Alten aus dem Erdreich zu drehn
Den noch der treugebliebene lebende Efeu umfängt.

Viel Unheil zeugt er daß die zahllosen Krähen
Schauervoll in ihn sich erheben mit krachenden Schwingen.
Aber er liebt sie rauschende Heerscharen der Wege
Glänzende Unglücksboten im beginnenden Winter
Und streut sie über die Felder die nun überall trauern.

Schwarze Schuhe

Das Meer hat bodenlose Täler und Krater
Der Himmel Kuppeln und Gipfel darüber.
Die Falten des grünen Meers im Dezember
Lappen über die Barkasse samt Personal
Den angezündeten Christbaum. Der Lotse
War natürlich kein Lotse und vierhundert
Schwarze Schuhe werden an Land gespült.
Es lassen sich später wieder Paare
Zusammenstellen am Ufer der Hallig
Eiliges Strandgut kurz vor dem Fest
Dies und das seit Menschengedenken.
Es ist ein leichtes Leben hier am
Rande des Wassers wenn nicht die
Ölpest den Anblick verdirbt Vogelkadaver
Ein- und ausgeatmet vom grünen so
Grünen Meer im Dezember.

Eisrosen

In diesem Winter blühten die Rosen einfach weiter.
Triefende Nebellaken dämpften jedes Geräusch.
Die Dohlen knarrten stundenlang auf unserer Insel
Sie waren nicht imstande den Ort zu verlassen.
Der grüne Deich eine Zunge auf der ich stand früh
Am Morgen kam aus dem Nichts und führte auch wieder
Hinein. Ein paar Meter Gras in der Luft dahinter
Reißt alles ab und ich bin es zufrieden.
Welche Überraschung so unvermutet am
Ende zu sein friedlich in all
Dem wässrigen Weiß in lockere Laken geschlagen.

Begrenztes Licht

Der Nebel hat alles
In seine Totenwäsche geschlagen das Wasser
Bricht durch Fenster und Türen es treibt
Meine Schätze davon die Deckel aufgeklappt
Als wäre es Plunder das Nebelhorn
Spielt seine tragische Weise
Eine Weile schwimmen Gäbelchen Erstausgaben
Die selbstgefällige Dielenuhr mit einem
Zeitgefühl das schon lange nicht mehr
Intakt ist und die geputzten Blumenzwiebeln
Allen voran die Morgen- und Abendgrüße
Unserer Hände sieben Jahre unter dem
Dachfirst gestapelt sie sinken
Ins schwarze dampfende Wasser.
Es ist schön über den Dingen stehn
Wenn die Flut ansteigt.
Dieser trübe Nebel von Jahren.
All diese Jahre voll Nebel.

Die Insel

Auch in diesem Winter
Bin ich nicht verrückt geworden.
Der Eisbrecher kommt
Wie das Amen noch in der Kirche
Und plötzlich
Hüpfen die Lämmer.

Es gibt Übleres als diese
Zersplitternden Bäume
Und die Einsamkeit
Erfreut mich schon lange.
Das Gewese der Menschen
Ist mir zuwider.

Das Meer schlägt an die
Standhaften Deiche.
Wenn ich einen
Wunsch sagen darf
So hätte ich gern
Noch einen Schafstall.

Die Flut

Ich bewege mich auf dem Knüppeldamm vorwärts.
Die Ruten der Purpurweiden begleiten mich lange
Eh sie zurückbleiben müssen mein Spiegelbild
Im offnen Wasser erscheint eilt schnell voran
Daß ich Mühe habe zu folgen es springt auf den Wellen
Begibt sich zu untergegangenen Bäumen oder
Ins zerborstne Gewölb zuletzt der Kapelle
Wo der zerschmetterte Schäfer aufgebahrt liegt.

Die Dörfer sind ausgestorben seit langer Zeit.
Moore haben trockengelegte Felder und Wiesen
Geduldig zurückgeholt ihren wabernden Körper
Weiter denn je in die Ebne geschlagen der schmale
Knüppeldamm ist das letzte geheime Zeichen ich sehe
Das falbe das unwirkliche Pferd über die schwefligen
Strudel jagen. Wie leer der Himmel nun
Über mir ist. Kein Stern keine Wolken und keine

Vogelschwinge im Lufthauch. Es ist als würde
Nichts existieren obgleich die Haare sich sträuben
Ich weiß nicht ob ich lebendig bin schwarze
Verlorenheit seltsames verzögertes Knistern
Während die Nägel flink wachsen als wär ich
Ein Leichnam. Eine hellgrüne Kugel geht ferne
Und schön am Horizont auf ich sehe ein neues
Gestirn über steigenden Wassern.

Schneewärme

Den Winter lebte ich
Im Packeis gefangen.
Gottes Löwin die Sonne
Hinterm Erdstern verbrannt.

In der Dämmerung fand ich
Tote Seelen die Schatten
Erstarrter Seen und Flüsse
Blank ohne Leben.

Ein Fell war gewachsen.
Das Eis zwischen den Krallen
Rief Blut vor ich sah
Wo ich herkam.

Lange hörte ich Stimmen
Immer war es derselbe
Unbegreifliche schneidende Wind.
Das Glück empfand ich im Rudel.

Wir gingen in Dörfer schlugen
Die ersten jammernden Lämmer
Vom Himmelsrande
Lösten sich Tiere mit Flügeln.

Da wurde ich schwerer ich trug
Einen Wurf unbezähmbarer Kinder
Wenn die gabelförmigen Wesen
Mit Feuer und Flamme hantieren
Galts auf der Hut sein.

Die Ebene

Meine geliebten
Tale lächeln mich an.

Die großen Bilder alltäglich
Deutliche Klarheit der Luft scharfe
Linien um Gräser und Wolken nachts
Der Teller des Monds auf dem Wasser
Die fliegenden Tiere der Erde
Schwere steigende Leiber die sanften
Hälse vertraulich dem Wind
Dargeboten wie soll ich
Müde werden es zu benennen
Bitternis sinkt allenthalben die Trauer
In unser Frohsein weggefegt
Wie die Blätter vom Baum die
Spielenden herbstlichen Mücken
Nach starkem Frost sind wir gleich
Eh noch der Atem uns ausgeht vernichtet
Wie gelassen wäre der Abschied
Könnten wir in leichter Gewißheit
Daß diese Erde lange noch
Dauert gerne doch gehn

Wintermusik

Bin einmal eine rote Füchsin ge-
Wesen mit hohen Sprüngen
Holte ich mir was ich wollte.

Grau bin ich jetzt grauer Regen.
Ich kam bis nach Grönland
In meinem Herzen.

An der Küste leuchtet ein Stein
Darauf steht: Keiner kehrt wieder.
Der Stein verkürzt mir das Leben.

Die vier Enden der Welt
Sind voller Leid. Liebe
Ist wie das Brechen des Rückgrats.

Schwarzer Spiegel

Als die Schafe im Lauf des Winters
Auf der täglich wachsenden Streu
Hin unter das Dach gelangten der Esel
Die Ohren nicht länger steifzuhalten vermochte
Galt es eh noch das Frühjahr begann
Gebührlich den Stall ausmisten am Tag
Veränderlicher Schatten und Farben
Ich hatte stundenlang nachgedacht ganz vergebens
Den Zeitpunkt gesucht an dem ich es aufgab
Irgend etwas für unvergänglich zu halten
Eine kosmische Enttäuschung sondergleichen
Wie sie mich ehedem anfiel zu Einsichten zwang
Die einer gewissen stolzen Demut bedurften.

So kann ich derzeit vom Rücken des Deichs
Mühlos das grüne Schinderauto erblicken
Es naht und entfernt sich Gaukelei für die Augen
Auf der verdrehten oftmals geschlängelten Straße
Ich kenne den Alten der nie etwas bringt
Seit jenem Herbsttag als er mein Schaf
Früh schon geholt hat und ich glaube
Wenn er vorüberfährt so allbekannt grüßt
Charon mit eigenen Augen zu sehen versuche
Auf gutem Fuße mit ihm zu bleiben.

Die Blumen schlafen tief unter dem Schnee
Die Uhren hängen an den Wänden und denken
Alles geschieht wie im wirklichen Dasein
Ein Alltag der wahllos lebendig macht inmitten
Rasender Wolken verrückter Attacken des Winds
Den Teppich engverflochtenes Stroh breitgetretener
Mist stückweis aufzuheben in schöner Bewegung
Schinderei die sonderbar glücklich macht
Ich ziehe den Hut vor meinem Rückgrat aus den
Knirschenden Schulterblättern wollen mir
Flügelchen wachsen der zaubrischen Forke
Ist ein VICTORIA eingebrannt weil und obwohl
Sie nachweislich mir gehört weiß ich nicht
Bin ich Victoria oder Herkules.

Es ist schwer bei Schneegestöber und Frost
Dergleichen Mistgebirge beherrschen
Mit einem Gefährt das ein einziges Rad hat
Ohne umzuwerfen vom Deiche gelangen
Der Wind heult das eingefrorene Baggerschiff
Mit bunten Laternen war in der Ferne erkennbar
Als die verdrossene Sonne zu gegebener Zeit
Wieder auf alles herabschien der Landbriefträger
Eine Vollbremsung ausführte mir seine Zeitung
Von vorgestern gab spärliche Nachricht
Aus Mittelerde Fragmente posthume Bücher
Wie der Freund in seinem ersten be-
Grabenen Winter aussehen mag die Spatzen
Pfeifen es mir von den Dächern.

Ich stehe in einer Landschaft
Die Vergangenheit heißt Torfstecherseelen
Gefangene die das Moor trockenlegen
Durchfliegen mich Lachen und Winseln
In der hellhörigen Luft
Heuberge fahren auf unsichtbaren
Lautlosen Schlitten über das Eis
Zu lange verschollenen Schafen
Ich schleife die Karre zum Deichrand
Stemme die Holme in die ächzende Luft
Lasse das Rad von den Stufen springen
Der schmalen verschneiten Treppe
Fange den Aufprall
Stets mit dem Leib ab
Eine Erschütterung
Die mich nichts angeht
Ein Eimer ohne Boden
Rollt und rollt
Seit Tagen im Wind wie ein
Haiku.

Ich warf das Heu in die Raufen
Und erkannte die ganze Wiese
Raygras Kuckucksnelken der Beinwell
Ein paar Korallen vergangenen Sommers
Und war in einem zerbrechlichen Zustand
Der es nicht gestattete diesen Schafen
Beherzt die Hufe zu schneiden es zog
Mancherlei auf dem Flusse vorüber
Und ich konnte mir einen Vers darauf machen

Schwarze Äste der Erlen vor meiner Nase
Abhängige Liebe zu winterlichen
Blattlosen Bäumen die ihre Pläne
So offen mir legen hineingeworfene
Vögel über den Schafen in deren
Augen ich bin.

Fusselige Konturen
Des Mirabellenwäldchens alte
Knorrige Kerle wahrhafte Sträuße von Bäumen
Gebündelt im vorzeitigen Licht
Schwankten wie Flammen
Auf siebenarmigen Leuchtern je trüber
Der Tag desto klarer die Farben wies mich
Die Elster drauf hin deren Kleid
Im fallenden wässrigen Schnee
Wunderbar glühte Ocker und Gold
Das beschwörende Schilf mir zur Seite
Erzeugte eine absichtslose Erwartung als plötzlich
Der verdammte Eisbrecher mit donnernden Hufen
Die Flußbiegung runterkommt alles zerbricht
Was mir seit Tagen das Liebste war ein schöner
Glatter gottergebener Spiegel für schwarze Bilder.

Kopfbild

Das alte Haus das du jetzt nicht mehr
Findest das Viereck des Hofs in der Sonne
Das nur in deinem Gehirn existiert worüber
Im Winter Krähen flattern Generationen
Ungeborener Krähen – du entdeckst nun
Einen einäugigen Kater den du vorher nicht
Kanntest und der in dein Herz blickt im Fell
Staub eines sehr alten Hauses das längst
Zusammengebrochen ist dessen Grundriß
Dir später sonderbar übersichtlich erscheint
Auf dem Kamille ein Dasein hat ein und der
Andere Pfiff altersschwacher Lokomotiven
In den hohen Etagen aus Wolken des Winds
Eine Weile sich hält der übriggebliebene
Stamm eines Birnbaums unter dem du dein
Hühnchen begrubst dir nicht aus dem Sinn geht –

Überlaß alles dem Schicksal gib dieses Haus auf
Und seine verkreuzten weißgescheuerten Treppen
Rückwärts fliegen sie unter das Dach vergiß die
Herzklopfenden Mansarden das jüdische Fräulein
Ihr altes krächzendes Grammophon und wäre es
Nur daß du innewirst wieviel Platz in deinem
Kopf außerdem ist: Stadtteile wuchern hin zu den
Wiesen mit hübschen oder rauchzerfressenen Häusern
Verwitterndem Türschmuck und einer gnadenlosen

Bevölkerung die jetzt einer Seeschlacht gedenkt
Ihre fürchterliche Fahne an einem Schiffsmast
Emporzieht während du eine eilig flüchtende Blume
Im Gefolge eines einäugigen Katers den Schwalben
Spielerisch attackieren in deinem wiederkehrenden
Traum über Splittergräben verwesende Leiber
Den Weg nimmst vor dem Westfälischen Frieden.

Der Norden

Nichts als der Wind in den Blättern.
An solch einem Tag hab ich vor Jahren
Einen Namen unter der Eiche vergraben
Zu seiner Verwesung. Bin dem Gehabe
Entkommen verrückt nach Norden
Zu den Magnetgebirgen.

Im Winter

Ich kam nachts aus der Stadt
Und es tanzten Gestalten auf
Dem Eis und den Wiesen
Kleiner als Menschen
Größer als Hasen. Schwarz.

Ich sah einen Riß
Im dunklen Himmel
Und einen im offenen Wasser
Hinter den Rissen
Einen hellgrünen Stern.

Ich dachte nun wäre
Die Ewigkeit angebrochen
Und ich blickte
Klopfenden Herzens
Durch einen Sargspalt.

Alles hat sich verändert
Nur die Wolken
Sind noch wie früher
Ich weiß nicht ob ich
Wie früher bin.

Erdenliebe

Selbst der Bucklige bei einem Anfall
Ist schön in einer Gegend wie dieser
Solch grüner Luft die zärtlich zur
Erde sinkt große Vögel stehen in Bäumen
Höher als Wolken wenn Fuhrleute die Nacht
Bis in den Morgen Miststreuer lenken
Ihre starken zweischläfrigen Phantasien
In meine Träume sickern schwache Erinnerung
An fünfzehn vergessene Männer und lediglich
Die entsprechenden Landschaften sind im
Gedächtnis eigentlich liegt hier
Jeder schlaflos herum wie es in
Dermaßen erleuchteten Nächten nicht ver-
Wunderlich ist wunderlich ist nur mein
Leben und hätte es nicht die Mistwagen-
Lenker gegeben die sich nun
Stoppelbärtig und mit eingeschlagenen
Ärmeln entgegenkommen den einzigen Weg
Zwischen den Mooren versperren es wäre
Möglich gewesen dem eigenen Tödchen itzt zu
Begegnen das sich auswachsen wird in diesem
Ergiebigen Landstrich wo es normalerweise
Wesen gibt deren kalte Pupillen
Eine Forke in Notwehr erhoben zum
Sinken bringen wien Stück weiter
Der Meerwind die Segelyachten der Städter.

Winterfeld

Schneestürme Wolkenbrüche
Viel Niederschlag jetzt
Werwölfe fressen meinen
Durchlöcherten Schlaf letzte
Liebgehabte Farben ertränkt und
Zerrissen mein Ufer abstoßendes
Herz. Ausgesät hab ich

Zorn in recht feinen Samen
Vorher in Filzschafs
Pisse gebeizt gegen den
Einfluß des Krätzeplaneten
Zum Erbarmen wenig geeignet
So ich in der
Wildnis bin

Mauer

Bunt war sie hier Fenster und Türen
Aufmüpfige Leitern Ikarus-
Flügel schimärenhaft hingemalt an einer
Bestimmten Stelle auch ich nebst meinem
Unerschrockenen Kind wie wir eines Tages
Durch sie gekommen sind mit einem
Spielzeugkoffer woraus russische
Schwerter mongolische Kesselchen fielen
Einer Schreibmaschine die halbfertigen
Liebesgeschichten klemmten noch in der
Walze und ein paar freundliche
Karten von Elis und Franz er war es der mich
Noch zweimal besuchte vor er in Märkisch
Buchholz unter den Rasen geriet – ich schaute
Wohl nicht zurück übte weiter den
Kopf ordentlich schütteln sprang zu
Marina und Edith in den krachenden
Wagen unsere Schwestern gehen in
Bunten Kleidern zeigten mir einen
Papierweißen Garten zwischen Norden und
Nacht da lagen am Boden die
Königsmützen.

Springflut

Es riecht nach Tang Salz und Wahrheit
Der Himmel schreibt Abschiedsbriefe
Wiederholungen von etwas das sich nie
Bewahrheitet hat alte Fischer die jetzt
Die Muschelbänke abfischen
Haben Kraken und ängstliche
Haie im Netz das Licht
Versinkt hier von selbst und am Ziel
Springt der Löwe hervor.

Wintergarten I

Ich liege unter dem Eis ausgestreckt
In einer Haut durchsichtigen Lichts.
Die Fische stoßen das Eis an, die Sonne
Stehet darüber, ich fühle
Zaunkönigs spitze Gesänge. Länger
Herrscht schwarze polternde windige Nacht.
Dröhnen und Brechen von Eis. Schwer
Lastet das Meer auf mir und dem Land.

Wintergarten II

Wir haben hier inzwischen
Alle zu trinken angefangen.
Die Bäume und Hirsche auf den
Tapeten haben Sehnsucht ins
Freie gelangen.

Fenster und Türen sind
Auf immer vernagelt und
Gänzlich verschlossen. Niemand
Kann sagen was für eine
Jahreszeit herrscht.

Und wie mein Herz jagt! Klopft es
Aus Angst oder Sehnsucht? Ich weiß
Nur daß ich auf etwas warte ent-
Weder auf dich oder den Tod.

Ach wie unglücklich wir
Alle sind und rauchen
Schweres betäubendes Zeug.

Flüchtig

Ich ging vor mir
Auf und davon sprach
Auf mich ein: ver-
Giß! Und mache dich
Hart. So kannst du

Von Erde berichten. Den
Schwerbeschreiblichen
Bäumen Anfang des
Sommers.

Zwischen Heu und Gras

Zuerst muß man
Wollen der Rest ist
Technik zwischen Heu und
Gras fuhr ich im Linienbus
Der Wind heulte daß die
Ohren ertaubten ich wanderte
Über Moore durch schwimmige
Wiesen Schneeanemonen
Krochen mir in den Pelz
Braunschwarz das Ödland wien
Isländischer Abendkaffee
Runde Seen dazwischen
Erste schüchterne hungrige
Schafe und wie im Traum der
Leibhafte Gletscher.

Mariehamn

An der Flanke aus Granit liegen die
Alten Schiffe Steven an Steven eine
Zaubrische Abstellkammer im Freien
Etwas das nur noch im Nachmittags-
Programm des Sommers vorkommt.

Was ich in Norwegen lernte

Alle Katzen haben
Ein dichtes Angorafell
Pferde ein
Zottiges Pferdefell noch die
Menschen
Sind mächtig behaart je weiter
Man nach Norden gerät desto
Aufregender wachsen die
Pelze. In Tromsø
Dinierte ich mit einem
Bären und konnte
Kleiderlos gehn.

Kapitulation II

Schottischen Whisky auf Snorri Sturluson diese
Weißen Magnetgebirge flackernden
Lichtbüschel Obsidiane Qualmvulkane und
Fauchenden Wasser in meinem Kopf
Epidemischer Unsinn Sturmtauchergeschrei
Ich wollte die Stewardessen umarmen das waren
Asinnen mit goldenen Knöpfen gepolsterten
Schultern die wegen der Landung mit Odin
Telefonierten: Laßt sie kommen! verstand ich
Sprang auf das begehrte Land vor Freude ein
Geysir in der polternden Brust da ließ ich meine
Geknechtete Seele für immer frei zwischen
Fuchsroten Flechten und Moosen dies
Schluchzende Ding und nirgends ein Haus und
Was man sieht wie unterm Glassturz ich war
Vom Himmel gefallen und sagte zu meinem
Erstaunten Kind jetzt müssen wir
In T. alles verkaufen und bleiben gleich
Hier.

Stimmen

Nun stehe ich auf und gehe ich gehe
Bis Gardskagi hin um Mitternacht
Ist es dort hell und ich höre
Das Meer an die Küste schlagen.
Wer seid ihr brüchige Stimmen was geht ihr
Als Hirsche verkleidet umher wer oder was
Seid ihr ihr kennt keinen Tod.

Auf einer Klippe

Das Meer brüllte im
Wind und übertraf ihn.
Ich ging
In seinem und seinem
Schreien und Wehen
Auf Lavastufen. Der
Wind ist alt er
Lachte als er mich
Sah. Übergab mir der
Meergänse Schrei.

Stechginster

Es begannen die lammweißen Tage.
Bauernhöfe Grün bis unter die Tür
Überflogen von neuentstandenen Wolken
Fingen wieder zu tönen an. Aus den
Dornen stürzten Wellenläufer und Möwen
Über die Klippen bei Ebbe und Flut.

In änglischen Schuhen worinnen
Moorwasser schwappt lief ich
Mit einer Meute kläffender Hunde
Hin auf den breiten schimmernden Sand.
Oder die Augen hüteten Lämmer
Reisten auf der Reling vorüber-

Gleitender Schiffe. Dunkelgelb
Die Lichter am Strand und in den
Bergen von Swansea. Das donnernde Meer
Das Traben wilder Pferde im Traum
Als die Käuze jagten und Sterne Ginsterblüten
Mir in den Spiegel trugen.

Wolken

Sie verschütten den
Abendstern über dem Felsen.

Im Gebirge pflückten wir rote
Blumen auf stürzenden Pfaden
Ich sah sein übermütiges

Herz wir lachten am Abhang.

Jetzt wo der Planete vergeht
Darf ich Abendstern sagen.

Watt I

Salzränder am Schuhwerk ich lief
Unterm Leuchtfeuer hin der Flutsaum
Setzt sich aus Meergras Möwenflügeln
Plastikgerümpel grämlich zusammen
Muschelgeld uralt dazwischen
Gestreut etliche Sterne.
Die Priele glitzern wien tiefes
Gedächtnis die schmale Sichel
Sich verpissenden Mondes ging
Im zerfledderten Himmel ich konnte
Die Füße nicht lösen und schlich
Als hätte mich Caspar Davids
Schlechterer Vetter
Mit Pech auf den Strand gemalt.
Von den Halligen tönte
Gänsegeschrei.

Watt II

Als mich das Schicksal wieder mit
Elke verknüpft hat sagt sie
Das Abendrot sei nicht purpur
Rot wie sie geglaubt hat indes
Gelbseidensanft. Lediglich das
Schlickwatt nahm sich wie ne
Veilchenwiese aus oder in Husum
Die Schloßkrokusse eine Beleuchtung
Wie Doomsday winters um
Vier vor es Pelznickel schneit.

Watt III

Ich Erlkönigs Tochter hab eine
Ernsthafte Verabredung mit zwei
Apokalyptischen Reitern im Watt ein
Techtelmechtel auf unsicherem Boden
Jetzt ehe der Morgen sich rötet.
Drehender Nebelqualm bemerkenswert
Eiliger Schneefall stellen ne schöne
Verbindlichkeit her das legt sich
Auf Möwenkadaver Colabüchsen der
Abgeblaßte Mond auf der Hurtigroute
Zwischen kopulierenden Wolken bezeugt er
Dem Albatros höchste Bewunderung wie der
Von Süden herüberkömmt während Jupiter
Über dem Kuhstall später der Bohrinsel glänzt.
Happy Neujahr! rufen die Seenotraketen
Und der Jung aus Büsum wird niemals
Gefunden es fallen die Krähen
Schwarze Äpfel vom einzigen Baum.

Kalt

Aus teerschwarzem Meer steigt der
Mond auf. Solltest nun
Unter ein Dach gelangen verehrtes
Herz. Sonst greint die Sehnsucht
Ihren verlorenen Traum von der
Schönheit der Welt die so
Verkommen darnieder
Liegt. Blatt geht weil Frost
Andere Zeit macht.

Leicht

Gab nichts das mich
Aufhalten konnte kein Festland
Hat mich lange beschäftigt. Immer
Sprang ich auf das letzte
Fahrende Schiff im September.

Mond Glunst Rauch

Ich fahre vorwärts ich denke
Zurück weit entfernt
Ist mein Herz von früher
Zeit blieb nur ein
Lachen ich fahre also
Weiter erinnere nichts weiter

Geduld

Ich wohne in jenem
Wunderbaren Haus aus dessen
Schöngegliederten Fenstern
Ich mir die Augen ausrenke
Jetzt wenn die Nächte sich
Kürzen Hundskerbel Sternen
Den Rang abläuft mit seinem
Irdischen Licht am Ufer der
Lethe.

Ruß

Die Touristen sind letztlich
Gestorben. Ich habe Lust durch die
Sümpfe zu gehen. Gänseschwarm
Lange gezogen. Schneegestöber
Aus der Tür offenen Kühlschranks.
Benzin- und Whisky-Büchsen
Pfeifender redender Wind.

Alles Spatzen und Gänseblümchen

Im Mondlicht hör ich
Stolpern und Fallen.
Man hat den
Tischler Maß nehmen
Lassen. O die

Dunkelheit dauert und
Dauert. Falls ich den

Sommer erlebe lebe ich
Tanzend.

Wie ein Mensch

Ein Mensch war er ein zweijähriger
Stier aber treu. Treu war er
Nur mir und ich warte im
Fluß im Boot und im Strudel.
Silberschatten Goldringe aus
Licht oder Mondglanz. Das Ruder
Wächst und gräbt im Grund sich
Ein und seine hellockigen Locken
Strömen über das Wehr.

Entfernung

Es war phantastisch
In seinem Mantel zu leben.
Als die Eidechsen
Freche Gedanken
Über die Füße stoben.

Und eigentlich bin ich
Ganz uferlos schaukle
Schaukle

In den Wellen

Das Meer so
Grün und so offen

Habe die Füße
Im Wasser

In den Wellen
Sehe ich Fische

Der Sommer der
Sommer ist da
Bei dir.

Königsweg

Itzt wenn die Gänse ziehen und rufen
Träum ich du bist in mein Traum
Von Süden über den Fluß ohne Brücke
Gekommen auf einem Hengst. Rot
Glühende elektrische Hufe sie sirrten
Wie in der Diele das Fax.
Als ich erwachte sprang der Hund
Über den Zaun. Der Hund ist alt springt
Nur im Traum über den Zaun.

Abgeschlagen

Alle Schotten sind
Dicht der Regen hält uns und
Hält uns im Haus tauchen
Grünfüßige Rallen vorm Fenster auf und
Seeanemonen winken vom
Giebel Muränengesindel
Flötet durchs Schlüsselloch. Wir
Nein wir öffnen wirklich nicht haben
Über siebzehn Stufen die
Blicke vertäut

Amoenitas vernalis

Goldene Blumen wahrhaftig sie
Sprießen aus dem Schlamm
Wo er ging der hierher
Gekommen ist ohne Zweifel.

Der Falke wirft seine gesträubte
Feder ihm vor den Schuh
Fregattvögel besetzen den Zaun
Ordnen ernst das Gefieder.

Ja es ist wahr. Ja. Jeden
Abend landen blessierte
Engel verschiedener Himmel
Hier auf dem First und üben
Riskanteste Loopings mit uns.

Wasserheide

Nachtgetier früh unterwegs
Das Wiesel im Königspelz glitt
Auf winzigen Schlittschuhn vorüber.

Flieg der Eulin nach in den
Bruchwald. Ihr Himmel ist grün

Der frühe Winter

Mein Mund eine
Hagebutte im Schnee das
Katzenjunge in den Mantel gesteckt und der
Fuß blank wie ein
Fisch will anderswo sein.

Trinken

Wohnst im Mond auf der
Kleinen Seite ich am
Boden des Sees
Mit Bussards Stimme
Kannst du mich rufen.

Unser Hausgenosse
Ein Rabe mit Flügeln
Wie Skácels Brauen
Über der Trauer.

Waldmensch

Hat mich in seine Wälder gebeten wo
Immer sie lagen ging hinter ihm
Donnerkeile in beiden Taschen.
Er bewegt sich wie ein Schwarzer
Auf eigenem Boden es existieren
Zebrastreifen für Weberknechte und Käfer
Schenkt mir ein abgestreiftes
Eidechsenhemd. Ach verbreitet er
Hochgemut Ruhe ein herrliches
Rauschen der Sturmwind saust
Über uns hin findet nicht aus dem Tann.
Wir durchkämmen gewölbte Haine
Lachend und stumm auf der Insel
Bärlauch putzt uns die Schuh Bluebells
Renken die Hälse sich aus. Verlorn die Köpfe.
Nichts Schönres wahrhaftig auf der Welt
Als ihm folgen. Ich höre mein Herz
Knirschen gegen sich.

Caswell Bay

Der Sternfisch der Limpet erwarten
In dunklen Höhlen rettende Flut.
Verändert schwebst du
Rauchend über die Klippen ich bin
Dein Schatte blaue Hyazinthen
Hinter den Ohren.

Auflaufendes Wasser Vollmond

Wo er geht am Strand von Mumbles ich
Seh es da ich ihm folge schon seit zwei Leben
Wolfssiegel tiefeingeprägt Krallen ich suche
Neun Arten Wolfsmilch die sonnenwendige die
Kreuzblättrige niederliegende die
Mandelförmige das Bingelkraut Zypressen-
Ruten- und Meerwolfsmilch jene bittre
Euphorbia austriaca daß er nicht in
Fallgruben stürzt wenn der Mond abnimmt

Mozartsteg

War mir
Locker zumute hätte gern
Meinen Schuh auf dem Grund der
Salzach gehabt. Ist ja nicht
Der Fluß Lethe. War Sommer.
War dein Fluß totgeschwiegener
Dichter.

Der Regen fällt wochenlang
In die Salzach schwarz
Wird der Regen schwarz wie die
Fremdheit der Eider.

Die zerfallenden zugesperrten
Häuser in deren Fenstern
Pflanzen gedeihn. Sah nachts
Einen katzenköpfigen Engel
Konzentriert gießen.

So viel Sehnsucht
Tag und Nacht. Hab gerade
Die Pflanze Herzgespann
Uns erfunden.

Bodenlos

Wohne seit langem am Boden
Der Flüsse. Die Schwäne
Rudern über das Blau. Siehst du
Ihn noch? fragt mich die
Ralle. Ja überall.

Fremder

Wie verzaubert ich bin – Pflanzen
Überwachsen die Fenster die Steine der
Treppe Vögel fliegen im Haus, das
Gesicht durch fremder Leute
Falten und weiße Strähnen getarnt
Gehe ich um und durch die Spiegel.

Flügelschlag

Meine Jungsteinzeit denke ich geht nun
Zuende. Ich werfe den Faustkeil
Achtlos zur Seite bediene mich
Raffinierterer Bronzefeder notiere
Seltsamen Lebensweg von mir
Selbst überflogen von
Herrlichen Wolken grauen
Wackelndem Reiher der jetzt
Niedergeht damit die
Landschaft vollständig würde.

Crusoe

Es gibt ihn den
Charme hier der
Einsamkeit etwas
Wovon niemand mehr
Weiß der die Schreiberin
Aufs höchste ermutigt wenn die
Abnehmende Welt immer
Schneller versinkt deren
Verdienst es ist das
Grün zu verspotten.

Mein grün Gefängnis es schenkt
Außerordentlich Freude die
Füchsin fürchtet mich nicht
Vögel lachen wenn ich Crusoe
Meine eigenen Felder bestelle.
Oder die Eichen
Mit ihren Früchten mich wecken.

Die Fähre

Schneereste liegen weit in der Ebene drin die sich auf einer geübten Netzhaut in Schafe verwandeln. Und Wolken bauen sich auf, Abbilder ferner Gebirge mit Gletschern lachenden winkenden Almen. Anderes als einen blutigen Schein der sich im Wasser verspiegelt hat das Gestirn nicht zu geben. Die einzige Straße ist mit roten Fahnen geschmückt was hier im Gegensatz zu Apolda und Moskau die Bedeutung hat ortsfremden Chauffeuren verstreuten Mist pflichtschuldig anzuzeigen wenn sie umsonst der kleinen altmodischen Fähre zustreben die weiterhin in den Karten ihre unsichere Existenz fortzuführen gedenkt. Auf der anderen Seite des Flusses das Gasthaus mit den flatternden Lichtern glitzernden Scheiben der breiten angelehnten Tür ist ein verlockender nutzloser Anblick aus dem die Harmonika nächtelang spielt.

Fernrohr

Der Nebel kroch durch die Zäune und teilte Schwärme von Goldammern aus die in den Weidenbüschen sonderbar sprangen. Die goldenen Kehlen die Sonnenfarbe aus der Erinnerung nahm sich hübsch aus in den tropfenbehangenen Zweigen bis der Ton eines eisenbeschlagenen Stockes sie für immer vertrieb. Schon nahte der Wanderer auf schwankendem Boden versuchte am Flußlauf den begleitenden Ulmen sich halbwegs zu orientieren nach Dänemark rein. Darnach waren wieder für Wochen nur der Wind die immer lauter zwitschernden Vögel vernehmbar.

Mainacht

In der Mainacht mit aufgeblendeten Scheinwerferaugen die kleinen Straßen entlang alle Leuchtpfähle untergegangen in weißen Doldengewächsen weiter reichte das Licht aus den Blumen der Engelwurzschwemme seidenen Schirmen des Kümmels. Auf armem geflickten Asphalt eine tote leicht zusammengeringelte Katze die noch alles vom eigenen Wesen besaß. Am nächsten Morgen im Radio Mendelssohn wie Schumann gespielt von einem Pianisten der zum Schluß nicht genannt wird. Erinnerung an den Traum nach der Fahrt zuletzt durch die weißen Blumen. Totkranke während des Krieges sie waren völlig bei Sinnen baten zieht uns aus den Kutschen hervor erschießt die Pferde tragt uns ins Gras mit den Blumen. Mitunter wenn die Musik spielt man zu wenig schlief und nichts aß hat man die Welt in einem Punkt.

Vergangenheit

Wie lebendig ich bin in diesem Moment über den Ulmenkronen im auserkorenem Zimmer meine schönen Feldstecheraugen die eine rote Katze noch sehen fünf Kilometer weit in den Wiesen lesen einen alten Brief von Pavese den er nie abgeschickt hat mir fällt ein daß ich die frischeinquartierten Pflanzen beregnen muß bevor noch die Hitze herabfällt und gehe mit brennender Pfeife die Treppe hinunter durchquere die Küche darin sich die schlafenden milder gewordenen Fliegen befinden stehe im Hof vor grüngestrichenen Türen deren letzte ich öffne das Wasser anwerfe gleich bis zum Anschlag. Ich spähe durch die Ritzen vom Hecktor bleibe dahinter daß das klappernde Schloß die Schafe nicht aufhorchen läßt sie würden sonst rufen Leckerbissen verlangen während das Gras voller Tau liegt und ich in chinesischen Stoffschuhn drachenbestickt sehe den Regner sanft sich verbeugen nehme den gleichen Weg ins Zimmer zurück denke wie lebendig ich bin an diesem Morgen in diesem Haus die rote Katze in endlosen Wiesen ging wohl verlorn das Wasser in allen Leitungen rauscht und es stört mich kein Anblick niedergehender Wälder in diesem Landstrich der Himmel ist ein aufrichtiges Gehäuse der alte Schulmeistergarten hält mich in Atem wahllose Verwilderung Rosen dämmern im Windengeflecht werden mich jahrelang rufen. Die Drosseln rascheln in den Johannisbeerbüschen und Franz in der Charité liegt aufn langwierigen Tod mich bindet hier alles daß ich noch hierbleiben muß Irrlichter schaukelnde Blumen im Wind plötzliche Stille gestautes Nichts wenn die Gräser unbeweglich verharren die Luft in vielen Hüllen die Dinge umgibt und ich erstaunt bin die Kröte angestammt unterm Regenrohr langsam atmend mich ansieht bis wieder Schwalbenschreie den Tag durchdringen solange sie da sind.

Strohmian

Weil der Sommer nur Niederschlag kennt haben wir das langwierige Heu schließlich auf einen Diemen gehenkt und ich gehe vielmal am Tag rundherum an dem Bild mich zu weiden. Verschwisterter blühender Holunder ein anhaltender Grasmückenton tragen mich ein Jahrhundert zurück es holt mir die Seele fast aus dem Leib wenn sich das Wunderbarste mit dem Gewöhnlichen verwischt und eine krummgebückte Alte hustend mit einem Hündchen den Deich heranschleicht.

Dunkler Sommer

Blauschwarzer Himmel hat sich tief über das Land gelegt Möwen hängen darin kalkweiße Flügel und Blitze. Die Schafe stehen neubepelzt in dichter leuchtender Form froh auf dem Deich mit frischbeschnittenen Hufen. So ist mir leicht weil diese Tiere im Moorland oftmals gepeinigt kniend nur fressen und die Besitzer prahlen unseren Schafen geht es so gut auf unseren fetten Wiesen daß sie zu faul sind sich zu erheben. Ein Bussard hängt gefaßt in den verwirbelten Lüften.

Boden des Meeres

Es war dieser Falkland-Sommer, als das verständige Land aber ein Königreich eben aufzuckte um seine letzten Kleinodien ein paar Schafe Farmer und Pinguine abenteuerlich Krieg zu führen begann. Wenn es tagelang regnete ich unter den ausgebreiteten sehr hohen Eichen umherging wie unter Wasser im dunkelgrünen Licht brennende Schiffe fest auf der Netzhaut glaubte ich oft ertrunken zu leben und wenn ich empor sah ins eintönigste Wasser zog etwas über mich hin das noch am ehsten den Kielen und Schatten der Kriegsschiffe glich. Hagelkörner wie Taubeneier fielen und lagen als Geschmeide unter durchschossenen Blättern auf den Viehkoppeln aus. Ein Vogel der mir ins Blickfeld geriet duckte sich eng an den Boden starrte in grünweiße Farben.

Kunde vom Wetter

Die Welt war nicht zu verbessern so voller Trübsal daß man den Trauerhut abreißen muß sich an sein klopfendes Hälschen greift während aus dem Kehlkopf ein geringes gelbes Kanarienlachen doch flattert.

Schwarzer Vogel

Wenn ich mit dem Hollandrad das nicht zu bremsen ist aus den umgebenden Mooren rolle die Brombeerkanne am Lenker und dieses Haus vor mir sehe die altmodischen Rosen an den Spalieren die tanzenden kurzen Gardinen die goldenen Klingelschilder und Katzen hinter den Scheiben würde ich sagen wenn ich nicht wüßte daß es um meins sich handelt hier müssen glückliche Leute wohnen. Ich rede mit vollgefressenen Elstern die mir die Wäscheleine besetzen daß ich gewaschene Stücke nur noch über den Zaun hängen kann und habe im ersten Sommer in diesem Garten stürzender Bäume zwischen zwei Apfelbissen zu viel schon gewußt und neue Nachricht erhalten aber wenn ich schon anwesend bin tue ich alles was ich mir vor Jahren gewünscht hab gerate in Eifer wenn ich den Schafen die Ställe ausmiste im frischgefallenen Schnee mit ihnen trabe. Gegen Langeweile kann ich Länder verwechseln ein geringes Anwesen haben darauf Leben zu spielen ich schüttele mich vor Lachen weil alles so gut gelungen erscheint als wäre das ein herrliches Haus mit lebendigen Schafen davor obwohl es auch Kopien sein können unterirdisch durch Seile auf Rollen bewegt, ein älteres Kind steigt kurz vor dem Zaun aus dem Schulbus mit glänzenden Augen es ist mein Kind spricht verhaltener Stimme hübsche Sätze und alles sieht so echt wie im wirklichen Leben aus der Schlepper Skylla zieht seine Bahn auf dem Fluß das flechtenbewachsene Dach wird von wiederkehrenden Schwalben erkannt wenn sie die Nester verteiln und ich kann mühelos diesen gescheiterten Autodidakten in puncto Leben vergessen der sich einem schwarzen Vogel verglich als er vor Jahren auf einer Flughafentreppe zurückblieb während ich abhob in einen streckenweise bekannten Film mit völlig belanglosen Worten.

Starenwolken

Kiebitze versammeln sich neben gewaltigen Starenschwärmen auf den bleichen Stoppeln abgeschorener Wiesen wo sie der Erde Nahrung entziehn bei feuchtem Wetter. Die Sonne scheint selten in diesem Sommer und es herrscht eine Luftfeuchtigkeit vor die sich an den Wimpern noch niederschlägt der gänzlichen Haut. Ich gehe mit nassen Füßen springenden Augen lange umher die schönen Windungen im Kopf randvoller Bilder. Das Geräusch das die zusammenhaltenden Stare erzeugen ist ein Kinderwagenquietschen durch aufsitzende Türen, einhundert strapazierte Gefährte gleich nach 45 wenn eine ganze Straße ins Weichbild der Stadt aufbrach Kartoffeln und Kohlen wild zu erlangen.

Vineta

Es ist die dunkle die Sommerzeit dunkles Grün graue schwarze perlgraue Wolken seit vielen Tagen das bekannte Gefühl auf dem Grund der See sich zu bewegen. Der Wind erschafft Wellen rings in den Lüften kreuzlahm sind die Bäume vom vielen Verbeugen es bleibt keine Wahl ich höre sie knirschen. Einer gab die Verbindlichkeit auf ist schon zersplittert. In diesen dunkelgrünen Tagen und Nächten wehende meterlange Grashalme Kuckuckslichtnelkenkorallen beginnt der Holunder zu blühn. Sein Wohlgeruch kriecht in den Kopf verwunschene Zeit verblichnes Gelächter silberne Kirchenglocken mögen Versunkenes heben zerflattertes Erdenleben weit tragen. Ein dumpfes Glück für den der es hört und noch auf der Sternenhaut geht federnd über die tiefen Moore.

Nebel

Mitte des achten Monats während ich Wolle am Brunnen wasche kann ich meine Füße nicht mehr erkennen und lange das Haus nicht das ich verließ. Alte Weiber setzt man ins Moor aus Kiebitze hüten sie rufen mit verschimmelten Stimmen gegen den Wind und gehen allmählich verloren. Die Nächte werden länger die Träume dunkler und allenthalben stürzen Flugzeuge Bewohner des Irrsterns herunter in unwegsame Gebirge.

Der süße Brei

Eine Wolkendecke über uns in der Ebene wie ein Dekkel über dem Kochtopf. Am Rande quillt Weißes hervor ein Bleiweiß vielleicht von alten Paletten. Die graue Farbe läßt sich gut schaun aber das Weiß sieht böse genug aus. Wir gehen auf leisen Strümpfen im Haus lachen und kosten die Suppen. Mit einem begeisterten Ausdruck in unseren Augen doch die Stäbchen die Zäpfchen dahinter erkennen es wird ein schlimmes Ende nehmen und bald.

Styx

Den langen Nachmittag hatte ich vor dem Haus mein Spinnrad getreten daß es den Rücken gereute später die Wolle gezwirnt und gewaschen in den Birnbaum gehängt zwischen bewegte Blätter. Der große Fluß glänzte wien mächtiger Geist ein klagender Wind jagte mich vor sich her an die Fähre. Als ich dort stand weder gehen mochte noch bleiben winkte der leckere Fährmann leicht mit der Hand bevor er die Kette hinter mir schloß. So setzte ich über ins Abendrot ohne mich recht zu bedenken. Hübscher das Grün der Wiesen die Dolden der Archangelika vom geduckten Holunder schimmerten himmlisch am Wegrand. Die wenigen Höfe die ich sah auf ihren Warften hatten die Scheunen voll Heu bis unter die strahlenden Dächer aus Kupfer. Das Vieh auf den Weiden begleitete mich solange die Zäune es ihm erlaubten. Indem es finsterer wurde die Frösche in immer stärkeren Maße die harten Gesänge anschwellen ließen und das Geflügel der Nacht seine irre Wanderung in ausschweifendem Fluge begann gelangten mir Szenen aus den alten Büchern der Kindheit schnell ins Gedächtnis. Schaukelnder Boden Glockenheide auf hervorgehobenen Plätzen bestimmte mir meinen Weg an sinkenden Bäumen vorüber klappernden Stangen auf denen die Totentrompete erglänzte. Ein Schaf trat aus dem Nebel und führte mich an ein Wasser darin ein ertrinkendes Lamm versuchte sein Leben zu retten. Ich beugte mich nieder zogs aus dem Schlamm als die Alte recht dankbar erleichtert pißte mit dem Maule mich anstieß. Ich warf die Alraune weg die ich trug war es müde Winseln und Schrein aller Wesen zu hören. Verdoppelte meine Schritte in die Dunkelheit rein.

Galoschen

Das alte Haus nahm sich aus als hielte es der Garten zusammen. Große Bäume stützten, Efeu und andere Ranken überzogen die Mauern. Der Zaun, wenn er nicht fehlte, war vom ständig wehenden Küstenwind grün beschlagen, ein stumpfes bläuliches Grün, das sich auf einem Schuppen wiederfand. Eigentlich schien nur noch das Dach vorhanden, es schwebte über buckligen Steinen und diente zwölf Gänsen als Stall. Ihr hoher Gesang weckte mich, denn ich wohnte in geringer Entfernung. Sah aus dem Fenster wie es nun schneite, zusammengeknäuelte graue handgroße Flocken, das hing in den Erlen drin wie zerfetztes Papier fiel ab wenn eine Elster sich niederließ. Die Wolken schleiften über die Wiese, zerbrachen das ächzende Schilf hüllten mein Nachbarhaus ein. Nur ein einziges hellerleuchtetes Fenster lag seltsam und losgelöst in meinem Blickfeld, daß ich beschloß zumal es einen Tag vor Weihnachten war die alte Frau zu besuchen. Wie sollte das Geschenk beschaffen sein das ich doch mitführen mußte. Eine Schachtel Veilchenpastillen, ich nahm den Parka vom Haken steckte die Blechschachtel zu mir, den Deckel zierte ein Engelskopf und hielt ein Veilchensträußchen im Maul. Maul sagte ich derzeit weil mir die Köpfe der schwarzweißen Kühe des Hofhunds der listigen schnarchenden Schweine weitaus ehrlicher netter als die der meisten Menschen erschienen und ich die arglosen Tiere durch Unterscheidung präzise Benennung ihrer uns entsprechenden Merkmale nicht in Verruf zu bringen geneigt war. Nachdem ich in den Parka mich eingeknöpft hatte angelte ich mit den Füßen die grünen Galoschen unter dem Korbstuhl hervor und schlitterte über die Wiese. Auf dem Sockel der Klärgrube saß eine Krähe. Sie wetzte den Schnabel am harten Beton ihre Nasenfedern sträubten sich vor hellen Wolken, die ihre schnelle Fahrt fortzusetzen begannen. Ich atmete Feuchtigkeit ein, meine Lungen in ihrer feinen Verzweigung erschienen mir wie hübsche Blumen Glöckchen vom Steinbrech vielleicht oder die Krallen Jelängerjelieber. Die Krähe flog weg auf und davon die Galoschen trugen mich weiter. Über den Graben durch das ächzende Schilf. Noch galt es den Stacheldraht zu überwinden der die Wiese vom Grundstück des alten Hauses abschloß. Bücken niemals, eher ein Scherensprung, ja doch, und die Veilchenpastillen klappern und klirren gegen den Engel. Als ich noch sprang und bevor ich die Erde berührte, sah ich ins hellerleuchtete Fenster. Die Nachbarin stand vor dem Holztisch, ihr roter Kater war auf das Buffet gelangt und verfolgte geneigter Haltung wie sie eine ansehnliche zum Ring geschlossene Wurst anschnitt. Tochteher Zion freuheuheuheuheue dich sang sie dazu und schob mit dem Messer die grauen Locken schnell aus der Stirn. Da war ich auf der Erde gelandet, das Fenster lag einen halben Leib über mir, gab keine Einsicht mehr frei. Mein Fuß mit der grünen Galosche schlug gegen den Corpus eines ungeernteten Kürbis, drang bis zur Hälfte ein und Fäulnisgeruch ließ mich laut niesen. Zog den Fuß rückwärts schleuderte Weiches und silberne Kerne vor auf das Haus, sah dann den Zaun bewachsen von Algen und Flechten, die pflaumweiche Frucht war durch ihn geraten im feurigen Sommer es gab keine Tür. Von meinem Fenster hatte ich eine oftmals gesehen ihren Riegel die Nachbarin ziehen gehört. Der Zaun erwies sich als morsch, ich hob ein Quadrat daraus vor und als ichs zur Seite legte waren die Wolken verflogen. Kein Schnee, ein mildes glasklares Licht wölbte sich über dem unbeschreiblichen Landstück, ein Klingeln von hauchdünnen Kaffeetassen war zu vernehmen und ich sah den gesamten zärtlichen Garten in einer Wolke aus tausend emailleblauen Vergißmeinnichts liegen. Sie drängten sich auch aus jeder Fuge des lange verfallenden Stalls der einstigen Schmiede. Legten die Köpfe auf den verwitterten Amboß, Rost und hellblaues Kraut. Auch standen einige heilkräftige Fingerhüte dicht an der Schwelle, als der schnurrende fuchsrote Kater sich aus der Tür stahl die schon gesehene Wurst um den Hals. Je früher der Morgen und desto sagte die Nachbarin, warf mit dem Messer. Aber der Kater war längst ins Blaue davon die Wurst auch. Jetzt gingen wir die Gänse betrachten, näherten uns dem fliegenden Schuppen. Wie Pflanzen rankten die schmiegsamen Hälse, sie zischten in hohen Tönen uns an, schönes gelbliches Weiß unterm bleischwarzen Himmel. Jede Feder geglättet, die Augen grüngeringt starr wie Gestirne, die Füße gespreizt in den Kot. Sie waren ausersehen etwas zu melden und ihre geheimsten Daunen wärmen uns noch: dies sind meine Königinnen sprach da die Frau und nicht eine kann ich entbehren denn siehe es sind der Januar bis zum Dezember und ich lasse sie laufen das Jahr lang. Ich verschenkte den Engel die Veilchenpastillen. O wie die Gänse zusehends verwilderten. Die erste zerschlug das Eis mit dem Schnabel aus den Nüstern der Dampf troff, die zweite fraß das Eis den schwärzlichen Schnee auf bis zum Gras, die dritte ein rosenfarbenes Tier atmete die Seele aus und hieß März. Die Schwester hatte Erbsenranken im Schnabel die nächste durchflogen die Schwalben die folgende brütet den Kuckuck aus aber genug. Ich schlug lang hin die grünen Galoschen standen neben mir im fallenden Schnee.

Glastränen

Kaum sind die Thermometer unter die Nullen gefallen so beschlagen morgens und abends die Fenster und tragen ein kristallisches Muster ohne daß es zur Eisbildung kommt. Das zärtliche Kino dahinter Strahlen der Sonne des Monds Schatten von Vögeln wildgeneigte Bäume erfreut schon die Augen das hübsche Milchglas geht aus dem Atem zahlreicher Phylokakteen nicht vorhandenen doppelten Scheiben hervor und nie seit ich den Kinderschuhen entwuchs hielt ich mich wieder in Häusern mit Fenstern wie diesen hier auf das war ein Fehler. Wenn der Glanz von Innen wahrgenommen ist auf längere Zeit wildes Verlangen aufkommt die Baumleiber draußen und die Äste korrekte Miniaturen derselben wieder und wieder deutlich zu sehen bleibt nichts als ein Loch mit dem Ärmel in das verzierte Etwas zu wischen wodurch sich nach einiger langen Weile Rinnsale bilden fädige Spuren fließender steiler Tränen ein frivoles Spiel dem nur noch wenige frönen.

Holzsegen

Es ist die Zeit in der die Knicks ausgeholzt werden. Weithin scheinende Blessen allerorten an den verschiedenen Sträuchern gestauchten Bäumen und lockre Haufen der Zweige der Äste sammeln sich in den Gräben. Die Bauern die Wegelagerer machen einen grobschlächtigen Schnitt aber die schwarzen geschundenen Kerls vergelten es ihnen im Frühjahr stets noch durch dreifachen Wuchs sie bilden sich zu Windkämmen aus mit denen zu rechnen ist wieder ein Jahr lang. Wenn die kleinen ländlichen Motorsägen wüten und schrein ihr Weg zeichnet sich hell leuchtend ab in schneeloser Zeit und Frost muß herrschen daß die Sägenden leichtfüßig sind nicht versinken, so werden die Tage schon einen Hahnenschrei länger und Gänse fliegen über die Häuser weit in die Marsch.

Stück Natur

Ins unbewohnbare Sumpfland sprudelndes Wasser nach jedem Schritt ausgesetzt sein, ein Stück Natur das sich durchbeißt. Der Sturm gibt die Richtung er kennt keinen Rückweg die überwinternden slawischen Krähen müssen seine Straße jetzt ziehn schwarze gleitende Wolken unter den andern und rufend. Ausgeblichene Gräser dunkle Maulwurfshügel geneigtes abgestorbenes Holz begleiten uns lange.

Das eine und das andere

Wie merkwürdig das ist: ich stand auf und da fast Vollmond noch herrschte konnte ich alles! draußen! vollständig sehen. Das Tiefland den dunkelgrünen Deich und den Esel darauf, gleich als im Haus Licht gemacht wurde sah er mich an. Jetzt zu einer schon christlichen Zeit acht Uhr morgens liegt alles schwarz da und es ist einfach finster wie im zitierten Arsche des Bären. Was vor vier Stunden wie Poesie sich doch ausnahm es ist stinkender Prosa gewichen. Eu Gott! Ich aber führe mein Journal hier getreulich. Am liebsten sehr früh in der Frühe, im Nichtmehr und Nochnicht.

Stellvertreterkatze

Die Massenflucht von DDR-Bürgern, Nacht für Nacht dreihundert Menschen über die ungarisch-österreichische Grenze, brachte es mit sich, daß ich im Traum auch unterwegs war. Und zwar mit Loulou der Lieblingskatze, für die es keinen Katzenkorb keine Tasche aber auch keinen Pappkarton gab. So war alles sehr schwierig unter den Umständen da.

Wurzellos

Später im Jahr als es Nacht für Nacht zweitausend Flüchtlinge sind die einfach gehn, da werden die Träume auch komplizierter. Nun gehe ich mit meinen zweiunddreißig Schafen wild über die grüne Grenze. Toula lammt und ich klebe den Lämmern die Mäuler mit Tesafilm zu. Toula sagt selbstverständlich nichts, ich habe ihr die Lage erklärt.

Schwingrasen

Seit Tagen herrscht Sturm aus der Gegenrichtung üblicher Kräfte daß die schiefen einzelnen Bäume sich aufrecht wie im Inland befinden. Eine exotische Situation sondergleichen die Umsicht erfordert. Künftige Ereignisse müssen vorausgeschaut werden wozu es angebracht ist, daß einer vom Clan stets auf der Hofstelle bleibt um mit dem Klüverstab das schwarze Wasser im Fluß, in den Gräben stündlich zu messen. Notfalls muß er auf Nachbars Schimmel sich schmeißen nach einem Telefon hinzueilen das imstande ist ne Verbindung zu knüpfen. Mit dem Trecker oder Personenkraftwagen ist es unmöglich den Landstrich zu durchqueren. Der gute Wirtschaftsweg ist seit Anfang November nicht zu gebrauchen, weil der Straßenmeister die begonnene Arbeit eingestellt hat. Nachdem er durch eine Wette erst vom Knüppeldamm abkam, dann mit seiner Raupe in den Schwingrasen geriet. Gerade noch abspringen konnte aber so umständlich gerettet wurde, daß sein Verstand im Herbstschlamm dablieb. Auch in diesem Jahr hat uns eine hiesige Macht dran gehindert, ein Zufall nach dem andern seit fünfzig Jahren, am Feiertagsgottesdienst teilzunehmen, weshalb wir die Bewohner auseinandergezogenen Moordorfs es bei den Pastoren verschissen haben. Ihrem Zorn restlos ausgesetzt sind, wenn sie den letzten Hausbesuch uns verweigern aufgrund schlimmer Wege wie sie dann sagen. Worauf wir hier in unserer Niederung ganz ohne Beistand von hinnen und in nasse Gruben rein müssen. Oftmals unruhig bleiben weil die armen Seelen samt ihrem Grabtuch versuchen, höher gelegenen Friedhof angrenzender Geestgemeinde doch zu erreichen. Zu welchen Nachbarn wir seit Ewigkeiten nur durchgeschlagene Bande besitzen weil wir auserwählt sind, für diese an sich auch armen Hunde die Fußabstreifer zu machen, da der Mensch nicht anders auskommen möchte als mit noch einem elenderen Luder unter sich. Wie früher so ähnlich ist es auch heute in unserem Ort gegenüber dem Nebenflüßchen, der Sorge, niemand leidet mehr Not er muß höchstens doppelt so oft in die Tretmühle rein als an verschiedener Stelle. Denn wo anderen fette Äcker gehören haben wir lediglich Binsen und Torfstiche nur, deren letztere wir nicht mehr abbauen dürfen weil die Naturschutzgesetze uns ausgegrenzt haben. Ein Wunder daß wir noch da sind, nicht verhungert oder verzogen. Gepfändet. Wie ist es möglich daß wir seit vielen Generationen hier sitzen? In einer Zeit als alles bewaldet war fing es schon an. Da rannten die Wölfe in Rudeln heulend wie sies gewohnt sind wild durcheinander mit bellendem Magen. Ach welch grimmige Finsternis hat damals die Menschen verblendet hier ihre Katen zu baun. Hatte man nicht die Mittel diese auf lange Pfähle zu gründen, so zerfielen die Hütten den Enkeln nach hartem Winter zu Staub was sie auch pfuschten und Steine anfuhren. Es gibt keine alten keine neuen Häuser bis heute. Nur geflicktes mit Blech und Eternit gespicktes barbarisches Bauwerk woran auch der Wind schon wieder zerrt.

Bologneser Hündchen

Der Freund mit dem wenig nützlichen Namen sah bei uns auf der Durchreise rein mit einem ausgewachsenen Hündchen von achthundert Gramm. Dergleichen Daunentiere hatte ich zuvor nur bei alten Meistern gefunden daß ich staunend offenen Munds neben ihm stand. Unser Besucher sagte, nun würde er gerne und viel über Hunde sprechen. Erwiderte, ich täte das auch immer gern, besonders wenn es dann nicht über die DDR gehen brauchte. Der Freund antwortete, er sei extra von Berlin nach Amrum gefahren weil er über dieses Thema nicht länger handeln konnte.

Lachen

Um vom Sturm etwas zu begreifen oder gar vermitteln zu können, muß man an der Grenze zwischen Wasser und Land angestammt sein, da wo er sich auf die Welt wirft, frisch und ungebrochen direkt aus dem Äther das himmlische Kind, von kleinen Wäldern gekitzelt – wie er vor Lachen brüllt und mir die Füße gleich wegschlägt.

Das blaue Haus im Mtkwari

Der Fluß ist breit, fließt in gleicher Höhe mit dem Ufer, dessen Ränder wie ausgesägt erscheinen. Strauchwerk und niedere Bäume treiben im Fluß, man sieht nur die Kronen. Sie treiben nicht, es ist nur der Fluß, der sich kräftig bewegt. Die Bäume stecken im Erdreich noch fest, das der Fluß überschwemmt hat. Ob Fische durch die Zweige schwimmen ist nicht zu erkennen, das Wasser ist trübe, hat eine gelbe mehlige Farbe angenommen, so kommt es schon von den Bergen. Brücken schnüren den Fluß ein. Hat er eine durchlaufen dehnt er sich schnell wieder aus, tritt weit über jegliches Ufer. Vor der Stadt hier wo ich stehe ist er doppelt so breit wie er es vorher stets war. Wie verändert er ist. Das blaue Holzhaus, dessen er sich bemächtigt hat, das vorher siebzig Jahre auf einer kleinen Insel im Fluß stand, er schiebt es jetzt hin und her. Das Haus wurde im März blau gestrichen und jetzt ist es Mai. Die Möbel wurden herausgetragen, nur einen Strohstuhl vergaß man oder er befand sich im Garten, er liegt jetzt im Eingang des Hauses und der Fluß schiebt ihn vor und zurück. Das Wasser steht dem Haus nur bis über die erste Treppenstufe. Es schien ihm tagelang nicht allzuviel auszumachen, die Insel ist an dieser Stelle erhöht. Das Wasser stieg nicht, aber es fiel auch nicht. Ein Holzhaus kann sich nicht halten wenn von Woche zu Woche das Wasser nicht fällt. Die Winkel verschieben sich, der Grundriß wird schließlich ein Rhombus, und plötzlich rutscht alles zusammen wien Kartenhaus. Steckt in der Strömung wie eine Kulisse. Schön blau über und unter Wasser, und der Strohstuhl ist gänzlich gefangen, kann nicht mehr verlorengehen fortgeschwemmt werden. Die Bäume ragen wie Büsche aus den Fluten hervor und wie das Haus daliegt mit waagerechten Wänden hat es den Anschein als hätte jemand ohne Kenntnis der Perspektive das Haus hier gemalt. Nach wieder ein paar Tagen driften die blauen Hölzer sanft auseinander, der Fluß vergrößert die Zwischenräume, zieht die Bretter tiefer hinunter, wo ist das Dach denn geblieben, noch etwas später hat das Wasser an dieser Stelle anstatt Gelb eine grünliche Farbe, sonst ist nichts zu erkennen. Liegt das blaue Haus nun am Grunde des Flusses? Der Strohstuhl hängt in den Bäumen und die verlieren Mitte Mai ihre Blätter. Das Wasser weist Strudel und Stromschnellen auf und ein losgerissenes Boot dreht sich verrückt.

Was bei einer Überschwemmung im Fluß schwimmt

Wäsche, aber sie kommt nicht weit, Stege und Brückchen, losgerissene Boote, Hausrat aus den Häusern am Fluß schnell geraubt, ärmliche Dinge, so nah am Fluß wohnt niemand mit Geld, Pflanzen wie aufgelöste Perücken treiben vorüber, Büsche, später auch Bäume, Fäßchen mit Brennspiritus, seltener eines mit Wein, Rührlöffel, ein Mangelholz, Koffer und Schuhe, die sinken schnell unter, ertrunkene Hühner, warum flogen sie nicht, es folgen Kadaver verschiedener Art. Ein Schwein ganz bleich, von langen Wimpern die Wasseraugen eingefaßt. Hüte schwimmen gut und lange, ebenso kleine Hunde, wenn die Strömung sie nicht ans Ufer entläßt. Es kann geschehen daß ein ganzer Wurf im Wasser treibt. Sie winseln, aber sie sehen sich noch, bleiben eine Zeitlang zusammen wie eine Insel. Obgleich ein Hundewurf zahlreich ist werden es sichtbar weniger dann. Der letzte kleine Hund fürchtet sich sehr. Auch ein Sarg kann derart bewegt werden und man kann nicht sagen ist er leer oder auch nicht, leichter fällt das Urteil bei diesem Kinderwagen, alles Schiffähnliche kommt gut voran, Kommodenkästen und kleinere Truhen, Nähtische, Wärmflaschen, große Atlanten und Taschenbücher, Geigenkästen, Gießkannen, Brotbüchsen, Teedosen, Pakete mit Nudeln oder Konfekt, Bilder besonders Gemälde, Puppen mit leeren Bäuchen, Milchkannen, Tische die Beine nach oben, Briefkästen, Vogelhäuser, Bälle, Hundehütten, Fische, Frösche, Ratten, eine Ziege, Puppenwagen, eine Scheidungsurkunde, ein Plattenspieler. Alles schwimmt in mehreren Schichten und reibt sich.

Landeinwärts

Am Kanal dem alten künstlichen Strom gibt es eine gewellte an Dünen erinnernde Stelle das Spülfeld geheißen. Dort wurde Erdreich tief aus dem Wasser gebaggert gesaugt geblasen und flüchtig an einem Ufer verteilt. Auferweckte Samenkörner konnten eine vergangene Pflanzenwelt heraufbeschwören indigoblaue Räder und niedere Farne versunkener waldreicher Zeit Anno 1527. Die Wasserstraße mit ihrer seltsamen Schiffahrtsbeleuchtung dunkelgelbe Blüten auf im Wasser schwankenden Stielen und weiße trudelnde Schwärmer wie Schnee.

Zeitfresserin

Habe viel Zeit schon erhalten, mal schneller mal geruhsam genützt oder vergeudet. Heute bekommt mir die Mahlzeit morgen muß ich die Nase zuhalten. Weiß nicht ob ich stark oder schwach von der Völlerei werde. Mein tapferes Herz schlägt wie eine Uhr und geht vorwärts und rückwärts kapores.

Halbtrolle und Klippenjungfrauen

In der ersten Hälfte meines Landes wurden die wunderbaren Romane des Halldór Laxness, da man ihn lange für ein KP-Mitglied hielt, viel eher und auch besser übersetzt und herausgegeben als seinerzeit hier. Meine Verzauberung nahm mit ATOMSTATION ihren Anfang, und ich erinnere mich als wäre alles gerade geschehn. Ich hatte selber die ersten lebenden Dichter getroffen und war deshalb besonders entzückt über dieses ernsthafte verrückte Buch, und es gewann seine große Bedeutung für mich. Die anderen Romane, die ich in der Reihenfolge ihres Erscheinens dann las, führten dazu, daß ich vor dieser Insel, die ich mir im grünen Meer driftend oft in der Dunkelheit vorstellen mußte, Respekt empfand aber auch Sehnsucht sie dereinst zu betreten. Und was man mir ein wenig später auch einblies, wie eine sozialistische Literatur auszusehen wohl habe, was man zum Beispiel mir gab, nun schon auf dem Literatur-Institut Johannes Erbecher, das verglich ich mit meinem Vorbild, sah Bui Arland ganz deutlich und Gott Brillantine und hatte schon alles gelernt. Die isländischen Bücher wurden mein glänzender aufrichtiger Maßstab für Literatur wie gleichzeitig Gryphius, Radnóti, Hernández.

Frühlinge kamen und gingen, und ich befand mich mit meinem herangewachsenen Sohn in einer kleinen Maschine von Islandair, und die Stewardessen sahen wie die Asinnen aus, knochig und streng mit zwei goldenen Knöpfen, mächtigen gepolsterten Schultern. Telefonierten gerade mit Odin ob wir abheben dürften. Beim Anflug der Insel, über den Gletschern, kreisrunden Seen, den qualmenden Vulkanen, dem Eis und der Lava,

saßen wir mit unseren hüpfenden Herzen zwischen den Dienstreisenden der Federation of Fulminating Fish oder der Aktiengesellschaft Snorredda, die mit Leuchtstiften ihre Tabellen lasen und niemals zum Fenster rausblickten. Kurz vor dem Aufsetzen in einer leeren abartigen Landschaft die merkwürdigsten brökkeligen Strukturen und ein bißchen Schnee rübergepudert – alles so eindrucksvoll stante pede meschugge zu werden. Später mit dem Bus durch abgewirtschaftete Lava, kahle geometrische Berge. Fuchsrote Flechten und Moose, das Uralt-Gras sehr gebeutelt. Eh das grün für die Schafe wird! und nirgends ein Haus nur grüner Himmel, und was man sieht, wie unterm Glassturz, der Staub gänzlich entfernt. Ich sagte, nun müssen wir in T. alles verkaufen und bleiben hier.
Schneeammernschwärme am Fuße der Hallgrimskirche, darüber die blasse unmündige Sonne, die Temperaturen Mitte April um den Nullpunkt herum. Die Regenpfeifer sind gerade gekommen, ein Umstand, der noch jeden Halbtroll und Isländer freut, und die Vögel hier, in der Rolle unserer Spatzen lassen sie sich über den unterirdischen Heißwasserleitungen nieder, wo die Würmer früher erwacht sind. Wir sind unterwegs durch die ungeheuerliche Natur und nähern uns mit Steinunn und Coletta, liebenswürdigen Klippenjungfrauen, dem Hause des Dichters. Vorüber am namengebenden Hof seiner Kindheit, Tatzen im Nacken, des schmerzenden Winds. Das Haus ist ein weißer Würfel im schwarzen Geröll. In seiner Wärme und wie auf der Kommando-

brücke eines älteren Schiffes über der Landschaft trinken wir den oft beschworenen starken Kaffee und hören unsere Herzen rumoren. Auf den Maestro wartet eine schonende kleine rote Kanne mit einem Drahtsieb darübergelegt, welche ich niemals vergessen werde. Dann kam er, wunderbar quirlig im Kranz seiner Jahre. Sprach ein reines melodisches Deutsch sicher wie manch andere Sprache, schüttelte vielmals die Mähne ob der Blödheit des Menschen. In Reykjavík wollen sie ein neues Rathaus im Wasser erbaun, leicht erreichbar für jeden Seestern. Später sprang die Rede auf die Übersetzungen hin, und darüber verbreiteten sich die Anwesenden lange. Weil und obgleich das für ihn gewiß ärgerliches Terrain ist, die westdeutschen bis dato via Dänemark angefertigt, und die chinesischen, wer weiß, wie sie entstanden, so entrüstete er sich dennoch nur milde, nannte sie Fälschungen plumpester Art. Aber der zierliche Steidl-Verlag, schloß er, wird mir in Deutschland alles noch retten.
Beim Abschied und weil unser Landrover nicht ansprang, stand er mit seiner Frau lange im flatternden Wind vor der Tür, und ich dachte, wenn ich wieder nach Island komme wer weiß wo er ist. Liebte den Alten sehr. Und mein Sohn hatte drei Bücher von ihm gewidmet in seinem Gepäck, ein guter Einstieg in die Skandinavistik, ein Lebensweg, den man als Quittung für meine frühe Laxness-Lektüre durchaus begreifen kann. Die schmückenden Beiworte aber häufen sich in einer Landschaft wie der eines fremden Planeten.

Pfeffer und Salz

Als ich viel jünger und treuherzig war auf dem Stadtgottesacker von H. meinen Arbeitsplatz hatte, an der Steinplatte eines wundersamen Grabs schrieb oder mich sonnte, da war es auch schon geschehn daß die eingegangene Ehe mit einem Begabten aber Herzlosen auch mich fast gereute, ach du mein schöner Toter unter dem Stein wenn du wüßtest. Der Stadtgottesacker mit träumerisch-brutalem Namen war ein aufgelassener Friedhof und wie ein italjänischer Campo Santo beschaffen. Die häuserähnlichen Erbbegräbnisse aus dem sechzehnten Jahrhundert waren berühmt in den Kunstgeschichten wo sie zum Exempel der Schwibbögen dienten. Aber nun setzte niemand den Fuß durch das Tor, höchstens Bruno oder meine Gestalt oder wir beide. Mein angesprochener Toter, ich erinnere mich nicht mehr welchen Namen sein Stein trug, über die ganze Grabstatt gezogen, aber zu ihm ging ich nur wenn ich allein war. Der Stein war mit dem Relief eines symmetrischen Orangenbaumes versehn der von den angenommenen Stiefeln des Toten wohl aufstieg, alsbald die Zweige wölbte und Früchte trug die es in meinem Land nicht mal im Intershop gab. Und ich legte mich an den heißen den brütigen Tagen des Sommers zu ihm auf den kühlenden Stein in den Schatten und spürte was zwischen den Schulterblättern. Orange oder Pomeranze war lange die Frage. Hinter dem Rücken lag also ne Steinpomeranze die zu träumen uns zwang. Ja und am Fuß des ragenden Baums war der Tote zu sehen wenn man die rechte Stunde erwischte. Ne überhöhte Erscheinung wie sie die Frau ihrerzeit meines Helden gebraucht hat. Nachdem er in irgendeiner einträchtigen Kolonie früh um sein Leben gebracht worden war. Was eine Liebe! haben die Zeitgenossen dann die Nachgeborenen neidisch gesagt wenn sie vorüberkamen oder auf scheißnormalen Gräbern Begonien gossen, welchn grausames Schicksal! hängten sie erleichtert auch an, wollten lieber nicht tauschen. War mein Toter überführt worden oder blieb alles friedlich anmutender Schein wie bei einigen Gräbern auf dem Jüdischen Friedhof in M., ⅄ 1944 in Auschwitz? Jedenfalls eilte ich zu ihm hin wenn die schöne Stuckdecke mir gleich auf den Kopf fiel oder mein Ehgemahl fleißig zusammenzog, was ich mit meiner reimlosen Kunst gar nicht verdiente. Von Zeit zu Zeit pflegte er auch zu sagen, nun müsse ich bald wieder ne Anstellung machen, da ich! ja nicht er einen Abschluß hatte an der altmodischen Alma mater. Heiliger Mahler! ich schauderte heftig zurück vor solchem Schritte, den ich bereits mal ausgeführt hatte, der mir die einschlägigen Erfahrungen einer geplatzten Vergewaltigung brachte seitens des Vorgesetzten auf der nächtlichen Dienstfahrt. Aber wie konnte mein Einstgemahl der Prins Herzlos mich wieder hinschicken wollen? Da hing ich lieber aufem kühlen Grabstein herum. Da sprach ich lauter mit meinem eingebildeten Toten unterm orangenen Pomeranzenbaum gefallen in Oranje-Transvaal durch den gerechten Speer eines

Wilden. Hatte bis dahin manchen Grundkurs Marxismus aus Idealismus belegt oder verabsäumt. War auch wegen frecher Antwort durch die Prüfung gefallen. Mich dauerten also in diesem Casus Opfer und Täter. Und saß auf dem Grabe hinter der Mauer vom Gottesacker und verzögerte die Rückkehr ins Stuckgewölb wo Prins Herzlos regierte, und wenn ich doch ging, so zu meinen Papieren und Schallplatten noch. Es schnitt mich beim Schreiben Sgt. Peppers Lonely Hearts Club Band streng aus der Wirklichkeit weg, daß meine Seele den Schaden nicht nahm, und ich war jahrelang der einzige Besitzer dieser Platte in H., an der alten Salzstraße gelegen, wo mir eine Karawane das Ding mitgebracht hatte.

Ein Fuder Heu oder Stroh

Ein Traum den mir der Compositeur vor zirka zwei Jahren erzählte und sicher vergaß: ihm träumte er sei mit dem Neufundländerhund durch die Koppeln gegangen, die Kiebitze brüteten schon und die Lerchen stiegen empor und da hätte er nach einiger Zeit das Tödtchen – so einen kleinen grauen knochigen Kerl mit Sackleinwand angetan und sehr sehr dürre darunter, eingefallener Wangen, mit einem Knotenstock, den trug er jedoch wie ne Hippe – also ihn hat er getroffen und es war so, als wären wir gerade nach T. gezogen und ich, ich war hier so glücklich ich stand morgens um vier immer schon auf weil ich es gar nicht erwarten konnte wieder in den Garten oder in mein Schreibzimmer oder auf den Deich zu diesen endlich gewährten Schafen gelangen – so war die Lage und der Compositeur nun in den Koppeln mit Robert dem Hund zwischen aufsteigenden Lerchen den brütenden Kiebitzen also er sah den Kleinen das Tödtchen notdürftig getarnt, aber er erkannte ihn dennoch und er sah auch, wie der auf unser schönes Schulhaus losging, und er lief ihm hinterher, Robert blieb mit eingezogener Rute dort wo er war, und mein Freund fragte: Tödtchen wo willste denn hin? Ach bloß so, sagte der, zwinkerte aber mit dem eingetrockneten Auge und der Compositeur sagte, na hör mal, gerade ist sie so glücklich. Wir schließen einen Pakt ich bitte dich drum. Na wenn du unbedingt willst, sagte der Kleine und tat so als ob es um ein bißchen Heu oder ne Fuhre Stroh hier in der Niederung ginge.

Du bekommst mich drei Jahre früher, sagte mein Freund, aber vergiß sie! Da hätte das Tödtlein gegrinst und genickt und wäre seines Weges, nun in anderer Richtung gegangen.

Waldhorn

Als ich bei Prins Herzlos da lebte hatte ich immer ein Schwanengewand in meiner hölzernen Dienstmädchentruhe, welche mir eine Tante lebend vererbte. Mitunter, wenn er nicht anwesend war oder tief schlief weil ich Schlaftee ihm reichte, flog ich über die Stadt mit anderen Schwänen. Wir schnatterten unsere Herzen frei ließen auf der Rabeninsel uns nieder. Fraßen bittere Kräuter, tranken aus der vergifteten Saale uns Mut an. Hörten Reichardts Töchter auf dem Waldhorn laut blasen. Kehrten noch zurück in unser Dasein aber lachten schon in uns hinein.

Katzenpfote

So viele verschiedene Existenzformen ich hatte vielleicht würde ich gerne noch einmal durch die ihnen zugeordneten Wohnungen gehn. Allen gemeinsam wäre ein Straußenei, welches ich immer mitnahm wohin es auch ging. Man kann daraus schließen daß es mir besonders am Herzen lag aber das stimmt ebensowenig wie es zu leugnen ist. Beeindruckt hat es mich wohl ob seiner Exotik und von den Hühnereiern fortgeführt zeit meines Lebens. Aber jetzt zu den Wohnungen hin. Zuerst in die Wehrstedter Straße wo die Kindheit angestammt ist: ach da liefe ich gleich durch den Schneeglöckchengarten, den Hausflur wo unter der Treppe der Abdruck einer Katzenpfote im roten Zementfußboden eingegraben ist. Könnte auch sein ich stiege in den Apfelkeller des Großvaters hinab, das Gruseln im Nakken daß die Falltüre zuschlagen könnte, ich bin auf ewig gefangen. Oder ich schliche die weißgescheuerte seidige Treppe wie jetzt noch im Traum hinauf, an Türen vorüber hinter denen sowohl die Eltern eines SS-Mitgliedes als auch die eines Jungkommunisten wohnten, und weder der eine noch der andere kehrte wieder. In unserer Wohnung hörte ich in der Ofenecke unter hohlgelegten Dielen die jungen Ratten wispern und schrein während die Standuhr ihre Bemerkungen macht. Im Kleiderschrank befände sich der rot-weiß-gestreifte Beutel mit dunkelgelbem Rohzucker, der so merkwürdig verzögert zusammenrutscht wenn ich mich mit einer Puppentasse bediene. Meine anderen Wohnungen aber möchte ich sie wirklich betreten? Die gekachelte Herrschaftsküche in H. mit dem Geruch der Weinkelterei? Da stand ich am Fenster und schaute über die Dächer in den Schneehimmel hinein, der Architektentüll riß mir die Brust auf. Ich schlich an seinem Arbeitszimmer vorüber keine Lust auf Gespräche. Oder schnell in die Wohnmaschine Fischerinsel mal rein – da fällt mir ne Gänsehaut zu und das Würgen sitzt mir im Hals. Mobilität ist mein Segen gewesen. Um Gottes Willen wäre ich dort oder bei Schlesisch Himmelreich oder Prins Herzlos geblieben nicht auszumalen. Sind mir darüber Flügel gewachsen und eines Tages war ich ein Schwan auf und davon. Unhaltbar im sozialistischen Vaterland noch. Kein Verständnis für Beton niemals und nirgends.

Ich brauche flinke Füller wenn ich von meinen Ausflügen mit dem Schwanengewand etwas aufschreiben will, die Feder muß fliegen sonst kommt nichts zustande ich muß mir mein Werkzeug gut präparieren. An diesem frühen Morgen wenn ich so eilig hier schreibe, während draußen der übliche starke Südwest leichtfertig tobt, ist mir wie einer uralten Hexe zumute die sich vielleicht auf ihren pechschwarzen Ziegenbock schwingt mal hierhin mal dorthin. Ohne festes Ziel aufgesessen und ab durch den Rauchfang soweit die Beschwörungen tragen. Ich bewege mich in meinem Leben plan- und zeitlos dicht an der Wirklichkeit hin. Stehe mit Pentti eines sehr kalten eisgrünen Morgens in Prag an den hölzernen Fischbottichen rum ganz übermüdet und nichts gegessen vor Liebe. Er schlug die halbe Nacht die Schreibmaschine und ich schrieb mit olivgrüner Tinte und wir haben dazwischen über das Erdenleben lauthals gelacht. Jetzt sind wir also bei diesen Fischen die mit ihren Mäulern gewissenhaft die Stunden zählen die uns noch bleiben und er deklamiert mir den Erlkönig vor in seinem verführerischen Deutsch aus der Schule oder ich bin schon wieder auf und davon und befinde mich sagen wir mal mit K. ach wassen Glück in der Lausitz auf unseren schnurrenden Rädern. Stockfinster der ganze Planete wir fahren bloß nach Gefühl und ich bin zum Umfallen müde. Wir lachen auch viel, ich habe immer Liebhaber zum Lachen gehabt so konnten wir fliegen. Diese Nacht kommen wir schließlich an einer

Wassermühle vorüber, der Bach rauscht auf sorbisch die Eulen gleiten über uns hin und wir sehen daß bei Edi noch Licht ist. Nehmen uns aus der Küche mit den dikken Mauern ein Ränftlein Brot aus dem Schrank und steigen die Treppe hinauf. Edi sitzt auf seinem Feldbett falterumschwärmt, hat wohl schon mit Bubi Blazezak zu tun und wir reden und die Falter strömen in unsere Luken und später waschen wir uns im Mühlbach und schlafen auf sehr engen Sofas in Elkes Heilkräuterstube wo sich auf den Fensterbrettern Schachtelhalme Esparsetten ausbreiten und ergeben in Tee verwandeln. Wer trinkt diesen Tee? Edi trank schwarzen der in einem Emailletopf lange gekocht wird. Zu den verbliebenen Blättern gesellen sich jeden Tag erneut eine Handvoll Teeblätterchen und werden gemeinsam gekocht. Kein Mensch außer Endler verträgt das Getränk. Eine Bitternis sondergleichen.

Wie kommt Literatur zustande?

Ganz einfach, es ist nur eine Fata aus dem Gebiet der Papierkörbe eben, indem du etwas nicht wegschmeißt bleibt etwas übrig was ein anderer vielleicht zu lesen vermag wenn er es vermöchte und immer vorausgesetzt man hat etwas gefunden eine Institution ein Verlagshaus welches einem den Bettel dann abnimmt und zwischen zwei Buchdeckel haut und dann hängt alles von den Buchhändlern ab, Gestalten wie Barbara, Helga, die selber Bücher lesen und ihren Kunden begeisterte Zettel schreiben: dieses oder jenes oder beides müssen Sie lesen, das ist herrlich erschwindelt atemberaubend erlogen mein Gott! wie das durch die Gehirnkammern und Herzräume geistert, wie die schönen Gefilde entstehen, der Leser die Leserin oder beide zusammen zauberhafte Orte nicht nur erblicken nein im nächsten Moment darin traben von einer Ebene schon in die folgende, zwischendurch finstere klangvolle Wälder wo einem die bekannten oder unbekannten Wesen entgegentreten, welche man immer schon treffen wollte, andere mit denen man niemals gerechnet hat, Stars können mir natürlich gestohlen bleiben, lieber gehe ich durch ein vogelstrotzendes Wäldchen und treffe zum Beispiel auf einer Lichtung sämtliche Katzen die mir im Lauf meines Lebens begegnet sind, herrliche selbständige Katzen, das geht mit Thymian los und ich bin ein unmündiges Kind und andere minzen mich an, ich kann mich über alle lange verbreiten weil zu bestimmten Lebensabschnitten die besonderen Katzen gehören, in Rom die berühmten verwilderten Ausgrabungskatzen, da werde ich ausführlich drauf eingehen, wenn ich nach der Methode Gertrude Stein von einem ins andere Heft diese Sätze abschreibe und wieder verändere, hinzufüge verwerfe, ins Gebiet des Papierkorbs gerate, was stets ein Segen für alle ist wie ich bemerke. Punkt. Wenn ich so schreibe und auch nach der Methode Gertrude Stein vom Hundertsten ins Tausendste – Abschweifungen! – die schönen Figuren Bögen und Schwünge bereite wie in einem Landschaftspark, auf kleinem Raum alles! aber auch alles! über tellurische Verhältnisse setzen, sehr ähnlich verhält es sich mit einem Stück Prosa, und wie ein unheimlicher Wasserfall rauschend im Nebel so verläuft auch das automatische Schreiben es strömt wie es strömt ich habe es täglich trainiert, es zu vollführen ist äußerster Lustgewinn, Schreiberin vergißt alles darbey, aber ich weiß nit immer ob ich es wirklich so will, eigentlich schätze ich solche knappen gegenständlicheren Stücke wie in seinerzeit »Irrstern« oder was ich später ausgestanzt habe, etwas das einen Anfang und dann einen Schluß hat, einen kleinen Aufbau und die gesetzte Spannung – solche Stückchen wie sie Herr Robert Walser gemacht hat Robert muß man doch stets betonen in diesem Lande in dieser Zeit, also ich übe das Strömen, die Leichtigkeit ein und später finde ich: meine Bröselein doch in einem Gebilde mit irdischen Weiten, die Erde, wenn auch meine, beschreibend, nicht mein Inneres fortwährend betrachtend, wenn das die Feder natürlich auch lenkt, aber ich will nicht mein Inneres abfotografieren weil ich mich nicht preisgeben will oder mich außerordentlich finde höchstens den Blickwinkel noch ein gewisses zärtliches Schielen aber das ist bloß das Lachen zwischen den Zeilen.

Allerlei-Rauh

Eine Chronik

Alles ist frei
erfunden und jeder Name
wurde verwechselt.

S. K.

Bunt schon und immer die leuchtendsten Farben, das kräftige Blauschwarz der Wolken vor einem Sturm und die kalkweißen Möwen darin, die roten Säulen des Phlox, weiße Malven, grüne Türen und Tore, ein blauer Fensterladen, an windstillen Tagen klare Spiegelbilder der wenigen Bäume, Seerosen im Fluß, endlose Schneefelder, die verwitterten Koppelpfähle dazwischen, Schafwolle vom verflogenen Sommer im Stacheldraht: bunt, aber sehr langsam dreht sich im Norden das Kaleidoskop unser Leben geheißen, und mitunter bleibt es auch eine Weile stehen, daß der Betrachter sich ein Bild überaus deutlich einprägen kann, nichts Besonderes, nur unvergeßlich.

Einhundertvierundvierzig sog. Seelen hat unser Dorf, wenn man von Kühen, Schafen, Pekingenten, Hunden und Säuen absieht, mit denen wir gut eintausend wären, aber von Viehseelen spricht man hier nicht, obgleich sich alles um die gehörnten rotweißen Rinder dreht, man ihnen fortwährend begegnet.

Die meisten Häuser sind Höfe, und die Bewohner verstehen sich auch noch als Bauern, wenn einer von ihnen im Nachbarort eine Zimmermannsstelle hat oder eine zivile Arbeit bei der Bundesarmee ausführt, die selbstverständlich in der Einöde ihre Verstecke besitzt. Immer bleibt eine Wirtschaft für den Feierabend zurück, oder die Frauen halten Kühe und Schafe. Heu fällt allemal an, sie müssen es so oft drehen und wenden, wie es die Küstenniederschläge verlangen. Manchmal wird es im Kahn gefahren, und Fische werden im Fluß gefangen, der eine oder der andere verfügt noch über das Recht, einmal im Jahr mit dem Schleppnetz zu fischen, aber neu vergeben wird es nie wieder, es ist nicht mehr erblich.

Die Seelen sehen wir weitverteilt in sumpfiger Gegend, und trifft man sich nicht in diesem Jahr, dann im nächsten oder beim Schützenfest. Eine einzige Straße schlängelt sich durch die besseren die schlechteren die ganz sauren Wiesen, auf denen im Sommer das Milchvieh steht und im Winter Schafe die Nachweide halten. Sie folgt, seit es hier Ansiedlungen von Pfahlbauern gibt, vorgegebenem trockneren Gelände und beträgt, wenn der Kreis sich geschlossen hat, dreißig Kilometer, weshalb die Straße im Winter niemals geräumt wird, die Kosten für den Schneepflug hätten die Gemeinde längst zugrunde gerichtet.

Die Einwohner sind von einer natürlichen Vornehmheit ganz durchdrungen, weshalb sie gern jedem seinen einzigartigen Lebensstil zuerkennen. Der Geist der Bauernrepublik spukt noch, jeder ist Kaiser auf seinem Trecker, und auch mir mit dem Heusack auf der Schulter huldigt der Milchfahrer, wenn er die Stille durchkreuzt.

Ihre Trecker beschaffen sie sich ohne Scheu als second-hand-ware aus der reichen hochmütigen Marsch, die hinter der Geest liegt, und dorther wird im Herbst auch das Stroh für den Winter geholt, weil hier nichts anfällt. Dabei handelt es sich um abenteuerliche Wikingerfahrten, die sich über eine Woche bis an die Küste erstrecken. Zwei Nachbarn brechen gemeinsam auf mit gigantischen Hängern an den zuverlässigsten Treckern, und wenn sie zurückgekehrt sind, berichten sie von Zyklopen, welche das Stroh ballenweise ins Meer geblasen haben, weshalb es jetzt teuer ist. In einem Jahr gibt es mehr Weizenstroh, in einem anderen nur Gerstenstroh, je nach dem, was das Meer sich genommen hat. Die Speichertüren bleiben bis zum ersten Frost noch geöffnet, dann fallen sie zu, und langsam versinkt unser Landstrich in Stille und Vergessenheit. Man hört nur noch den Milchtrecker fahren oder einen Tankwagen, der Heizöl bringt, und wenn man nicht ab und zu Milch holen würde, sähe man die Nachbarn den ganzen Winter nur aus der Entfernung und riefe ihnen auch nichts mehr entgegen, weil der Sturm längst alles verweht, und das einzige Lebenszeichen von den Bewohnern, wenn man kein direktes Anliegen hat wie eine Säge schärfen, ist dann der milde Schein aus den Fenstern bis zweiundzwanziguhrdreißig, oder Geisterlicht im Vorüberfahren, welches die Televisionsapparate aussenden, und wir kommunizieren wochenlang nur über den Milchtreckerfahrer, der jedem auf seinem Rückweg die Zeitung bringt, mit den anderen Seelen, weil er die spärlichen Neuigkeiten weiterverbreitet, manchmal irgendwo hängenbleibt, sei es in einer Schneewehe, bei einem Appelkorn, ja es kommt vor, daß er sich auf der Rücktour über halbe Tage verspätet, was für die Bauern allenthalben bedeutet, daß sie mit ihrer Arbeit ins Schleudern geraten, die Magermilch für die Kälber nicht rechtzeitig zur Stelle ist und die Milchkessel nicht zur gewohnten Zeit gescheuert werden können, aber die Bauern sind nicht verdrießlich, sie lachen und warten weiter.

Falls jemand hier auf dem Teller, der kein Präsentierteller ist, mit seinen innersten Gedanken beschäftigt umhergeht, daß er darüber den Nachbar nicht wahrnimmt oder seinen Gruß im gerade vorüberfliegenden Orkan nicht auffängt, so wundert sich niemand und brütet auch keine Unterstellungen aus. Sie billigen einander Beweggründe zu, ohne einen Vorfall mit der eigenen Person in Verbindung zu bringen, und üben eine so ehrliche Freundlichkeit aus, daß man nach drei Sätzen über den Gartenzaun hin sonderbar fröhlich wird. Das Bild mit dem Großvater vom Nachbarhof drauf noch lange im Gedächtnis behält, der den Futtereimer abgesetzt hat, während das Enkelkind auf unserem Esel herumbalanciert, und der Graue ist sehr gerührt, bewegt keinen Huf, wenn der Wicht für einen Moment zwischen den Füßen ihm liegt. Eine Taube fliegt über uns hin mit einer Kornblume im Schnabel und sagt: Merkt euch, das ist das Glück! und vom Reden fällt die Kornblume natürlich mir vor den Schuh, der an diesem Tage aus Holz ist, und ich hebe sie auf und vergesse die Taube in alle Ewigkeit nicht.

Einmal machte ein weißer Peugeot mit einem fremdländischen Nummernschild von sich reden, aber als wir ihn sahen, war das Nummernschild nur in Kiel ausgestellt. Er wurde in Moorhof, Rethbucht und Königsfähre gesichtet, er schlich am Deich lang, rollte dem

Schäfer in seine Herde, und jeder, der ihn sah, wunderte sich über solche Geschäftigkeit ohne Sinn, die sich tagelang hinzog. Als wir an einem Sonntagmorgen, weil wir Loest auf der Durchfahrt erwarteten, den Gasthof um einen Kasten Bier betraten, redeten sie wieder über den Wagen. Ein Bauer hatte ihn während der Nacht im Ostermoor halten sehen und wollte seine Hilfe antragen, als er begriff, daß der Fahrer die Motorgase in das Auto geführt hatte und ohne Bewußtsein war. Jedereen weet am besten, wat sien Vördeel is, schnappten wir auf und daß der Bauer den Selbstmörder nicht störte. Wir leben lange genug hier, uns nicht zu verwundern.

Wo wir einst lebten, mag wieder Weltfriedenstag sein, und sämtliche Schulen nehmen nach einem gleichzeitigen Fahnenappell den Unterricht auf wie vor Jahren, als ich mit dem Kind Moses wie es sich nannte, auf einem asphaltierten Schulhof mich einfand und wir uns verloren vorkamen und es auch waren und ich das Kind seiner ersten Lehrerin zuführte, die Fräulein Kollega hieß, was mich zuerst an einen Schweizer Roman denken ließ, die sich später aber nur als Gleichrichter erweisen konnte, ein Begriff aus der angewandten Radiotechnik der vierziger Jahre, wie ihn mein Vater seinerzeit häufig gebrauchte und der mir dem weiten Feld der Berufe anzugehören schien.

Wo wir sind, hat es am Morgen geregnet, weshalb die Wolken leicht und hellgrau umherfliegen können, und ich höre das Rauschen heimischer Pappelblätter, sehe den Himmel kurzweilig aufreißen, wobei jenes Türkisgrün zum Vorschein gelangt, das meinen Herzschlag verfünffacht. Das Auge, es fällt beim Flug über die Erde auf die gering verdrehten Schwerter der Rohrkolben hin, die besondere ins Blaue spielende Farbe der Blätter, die geringe Abrundung der Spitzen. Die kühle Sanftheit des Materials trägt Zärtlichkeit ein, und einen Augenblick lang bin ich dem Wesen des Irrsterns gewogen. In der äußersten Ferne kann ich des Schäfers Jahrmarktwagen erkennen, und im Perspektiv sehe ich, daß ihn der Fleischhauer aus Schülp gerade besucht, mit dem ihn eine langwierige Freundschaft verbindet.

Der Fleischhauer ist jemand, der noch in dieser Gegend als außerordentlich maulfaul angesehn würde, dermaßen verschlossen in sich versunken ist dieser Agamist, der seinen Beruf gründlich und freudevoll ausübt und daneben, oder dabei eine bedeutende Liebe zu Schafen entwickelte, ein Faible könnte man sagen, und allein Gott weiß, weshalb die Tiere ihn interessieren und er ihnen stundenlang zusehen kann, bis er verträumt, gottesfürchtig und mild wie ein Kind dreinblickt.

Weit hinter Zürich befand ich mich auf der Dachterrasse, einem grünbepelzten Hochhaus übergeordnet, und bemerkte auf dem Hang gegenüber, der mir zu Füßen nun lag, in einer nur prachtvoll zu nennenden Anlage mit handgeschnittenen Pferchen, schindelgedeckten Hüttchen, eine Herde dunkeler Schafe, und ein gütiger Mensch betrachtete zärtlich seine eigenen liebsten Tiere und war doch der erfolgreichste Schlachter im ganzen Kanton, ein großer Verwurster, wie ich erfuhr. Ich glaube, daß es seit altersher zwischen den Fleischhauern, Metzgern und Schafen besondere Verknotungen gibt, die ich gerade erahnen kann und die anders verlaufen, als zum Beispiel der Fleischer Beziehung zu Rindern und Schweinen, selbst Pferden, und ich werde diesen Gedanken weiter verfolgen und meine Beobachtungen sorgfältig sammeln, bis ich Endgültiges zu diesem Thema verlautbaren kann. Daß aber das Fräulein Kollega in meinem Kopf so dicht bei den Schlächtern untergebracht ist, wird entweder ein lustiger Zufall sein oder eine Bewandtnis haben. Der Dachgarten hatte einen geräumigen Goldfischteich, den die Krähen allerdings leergefischt haben.

Mir träumte, ich sei auf meinem Esel ins Moor geritten, die Füße schwebten dicht über den Wasserlöchern, doch blieben sie trocken. Aus seinen Hufabdrücken, die sich mit schwarzem Wasser füllten, wuchs gleich der Blutwurz. Ein schöner Anblick, wenn ich nach rückwärts mich wandte. Vor uns unbestimmbare Dämmerung, kleine zusammengeschobene Gagelsträucher und schrilles Tönen des Winds, das zunehmend lauter wurde.

Wenn der Kindheitsfilm abrollt, sehe ich mich in losen auf Zuwachs berechneten Kleidern, einem weißen gefältelten Kragen, dessen vordere Teilung eine alte Korallennadel zusammenfaßt, ein Kind, das mir merkwürdig fremd ist, obgleich ich alles über es weiß. Von meiner Warte nun über den Sümpfen, aus deren Blasen ich nichts Zukünftiges lese, scheint es mir lange dumpf und zahm unter vorgefundenen Menschen zu leben, von fremden Mächten bestimmt. Dann erinnere ich mich, wie es einmal in der geliebten und angewöhnten Gegend, vom Gleichmaß der Tage fast überwältigt, die Mutter fragte, wodurch dergleichen zustande käme: es würde oftmals nicht fühlen, daß es lebendig wäre. Das ist so, war die Antwort und es folgte seinem Schatten ins Sonnenlicht, wobei ihm mit jedem Schritt einmal die rechte, einmal die linke Kniescheibe häßlich und rund wie ein Tennisball unerbittlich vor Augen geriet, wenn es versuchte, langsam zu gehen, damit die Pausbacken nicht sprangen. Ein Kind, das wütend auf seinen Zopf beißt, dessen ungeflochtenes Ende niemals in eine Locke auslaufen wird, und das sich, als sein Schatten am Abend bizarr und wie zerbrochen auf der Hauswand erscheint, gewissenhaft abmüht, den Ball wie die anderen gleichaltrigen Mädchen mit dem Handteller, dem Ellenbogen, den gefalteten Händen, mit dem Knie, mit dem Spann und dem Schienbein oftmals hintereinander gegen die Mauer zu prellen, obwohl es dabei ungeschickt ist und es ermattend langweilig findet, ein letztes Mal noch versucht, der Norm zu genügen, bei diesem Spiel Die Ballschule genannt, um nicht die Gesellschaft der Mädchen zu verlieren, sich dann aber sagte: Ich will das nicht länger! und den Ball im Flusse wegtreiben ließ.

Ich sah einen Vogel seinen Schatten anschaun, der war größer als er. Ich sah den Vogel am Himmel ohne seinen Schatten. Und meinen Schatten sah ich, ein Ungeheuer von Schatten. Einen Ball sah ich springen samt seinem Schatten. Wirf den Ball her! riefen die Kinder, und ihre Schatten streckten die Arme aus. Ich sah sie später im großen Schatten des Hauses. Fort waren ihre Schatten und der des Balls. Andauernd wuchs mein Schatten. Wenn ich mich nicht beeile, dachte ich, ist er eher zu Hause als ich. Und ich fand den Vogel. Ach Taube, wo bist denn du, wenn es dunkel ist?

Glücklicher ohne den Ball saß das Kind als Vogel verborgen in den Baumkronen drin, um hinter geschlossenen Lidern Feuerrädchen kreisen zu lassen, oder es drehte sich auf der Erde wie ein Derwisch, den sonderbar leichten Zustand zu erlangen, wobei alles, noch der eigene Name, in Vergessenheit fiel. Es starrte, waren es Jahrhunderte oder Sekunden, Löcher in die Luft und liebte es, die Blätter der Pflanzen zu vergleichen, wonach es ihm die der Robinien und Akeleien am meisten angetan hatten, die es manchmal in ein Wasserfaß tauchte, daß sie von der anhaftenden Luft lange wie aus Silber erschienen. Wenn aber der Fuß einen Kieselstein von seinem angestammten Platz versehentlich fortstieß, das Kind ihn nicht wiederfand oder es ihm nicht möglich war, den Stein an der gleichen Stelle erneut einzupassen, wo er hundert Jahre gelegen hatte und die Umgebung vertraut war, so spürte es einen wüsten Schmerz in seinem Herzen. Falls es jetzt nicht sofort auf einen sehr hohen Baum stieg oder über das Brückengeländer balancierte, sondern weiter an Steine dachte, sich die winzigen Welten nicht aus dem Kopf schlug, die es fortwährend zertrat, Gärten nicht mit den Augen zu erfassen, so packte es leicht ein Entsetzen, das sich bis zu der unangenehmen Vorstellung eines die bekannte Menschenwelt umgebenden Gigantenreichs fortsetzen konnte, in dem das Kind sich wie ein Kiesel oder Käfer befand. Für Schuldgefühle, daraus erwachsende Schrecken, bot sich indes eine Trostphilosophie an, von der das Kind allerdings auch wußte, daß dieses Gebäude nur solange ein haltbares war, wie es an einer bestimmten Stelle nicht zögerte, sein Fortdenken abzubrechen. Nichts auf der Welt, kein Stäubchen geht verloren, sagte es sich eindringlich her und wiederholte und wiederholte den magischen Satz, bis er seine Wirkung erzielte. Selbst wenn, was eines Tages geschah, die alte chinesische Teekanne mit den schuppigen Drachen zersprang, so war es kein Unglück: es blieben die Scherben, aus deren folgenden Scherben Scherben hervorgehen konnten, ein ewiger Ablauf war möglich, wenn auch die Bruchstücke allmählich so winzig wurden, daß ihr weiterer Weg mit bloßem Auge nicht länger verfolgt werden konnte. Ein bequemes Gefühl der Erleichterung und Aufgehobenheit überkam das Kind nach solcher Gedankenarbeit, wobei es mutig und schnell den Schluß zog: so unverloren ginge es mit allen rechten Dingen noch zu, auch den Menschen.

Sein Modell der Unsterblichkeit durch Zerstreuung hielt es über Jahre bei Laune, wobei ihm zustatten kam, daß es viele Dinge, die anschaulichen Steine oder den gußeisernen Löwenkopf an der Pumpe, so über alle Maße liebte, oder den Kater, die unnahbaren Eschen, oder einen Riß in der Tapete, daß es ihm nicht möglich war, die Gegenstände gewaltiger Zuneigung in belebte oder unbelebte grob zu unterteilen, und die letzteren besonders deutliche Beweise für seine Annahme abgeben konnten. Den hilfreichen Strohhalm besaß das Kind, lange bevor es Lehranstalten besuchte oder von natürlichen Kreisläufen hörte. Kirchliche Lehren konnten es nicht berühren, weil es von Anfang an hohe Ansprüche stellte und zu viele Pfarrer in der eigenen Verwandtschaft besaß, die es so peinlich genau bereits kannte, daß der Gedanke, sie könnten in etwas eingeweiht sein und dieses zu verkündigen haben, nur absurd war. Dennoch begab es sich von Zeit zu Zeit gern in die Kirchen der Onkel und auch in die eine, der es durch den Wohnsitz der Eltern zugeteilt war, weil es in den wunderbaren Gebilden die Kunst der umherschweifenden Seele, des Kinos im Kopf märchenhaft ausbauen konnte, begünstigt vom milden Licht herrlicher Fenster, die ihm erlaubten, kaleidoskopische Mosaike von größter Schönheit hier zu erfahren. Die Augen gerieten in solchen Taumel, daß die Botschaft des Dargestellten immer zurücktrat. Sie sprangen im Sonnenregen über archaische Säulen, während die Ohren geheimnisvolle starke Worte aus den alten Chorälen auffingen.

Von einem Lamm hörte es in einem traurigen schleppenden Lied, es ging dahin, ward matt und krank, ergab sich auf der Würgebank. Die Orgel dröhnte quer durch den Leib, und es war eine verführerische Benommenheit, in die es sich begeben hatte auf seiner kühlen hölzernen Bank unter den bunten Kassetten der hohen Decke, wenn die sanft sich bewegenden Räder der Leuchter einen heiligen Schein versprühten und in seiner Lieblingskirche von Straußeneiern gebildet wurden. Es konnte die Straußeneier zählen und eine beachtliche Herde der großen Vögel Gott in der Wüste zustreben sehen, oder es vermochte, indem es abwechselnd das rechte, das linke Auge zukniff, die großen Leuchter zum Schwanken zu bringen, was ihm eine kurzweilige Erheiterung wert war.

Den ganzen Junius herrschten Regen und Kälte. Im Garten verschwinden die Saaten schon wieder. Und was das Wetter uns nicht verdarb, das läßt die Schermaus glatt in die Erde rutschen. Schon verstehe ich mich aufs Jammern wie ein ansässiger Bauer. Am besten, man hat hier nur Gras und darüber Schafe in Hülle und Fülle. Jeden Tag wird das Flugzeug eines oder anderen Landes entführt. Es gibt erstaunliche Fernsehbilder, wie die Erretteten die Maschinen verlassen, bevor alles zwei Minuten später weggesprengt wird. Sie schreiten die Gangway hinab mit ihren Handtaschen und Kindern, als gings in die Ferien. Niemand küßte die Erde wie stets dieser Papst.

Dies war ein heißer Sommertag nun, und wir schickten uns an, in seiner gefährlichen Glut für unseren vorübergehenden Freund ein bukolisches Geburtstagspräsent, kein Basiliskenei, bedenkenlos zu erwerben. Die allernächsten Nachbarn nach überzähligem Lämmlein umsonst schon befragt, radelten wir nach Schüttingdeich hin, wo die Birken langwierig in verschiedenen Mooren versinken. Ich erachtete es wie jeden Tag noch als außergewöhnlich geschickt, am Ende des Klugheitsjahrhunderts in Meerumschlungen mich eingeschmuggelt zu haben, und nicht etwa in Donaublau oder einen Schwarzwald, oder gar geblieben zu sein, wo ich herkam und die Sonne einem schnell viereckicht scheint. Und: wo nix iss, brichts keinem das Herz. Kein Wald steht schwarz und schweiget. Die wenigen Erlen und Purpurweiden, die schöngefiederten vielfältigen Pappeln würden ihre Zeit haltbar verbringen auf St. Nimmerlein zu. Aber jetzt war es unausweichlich geboten, vor Einbruch der Nacht, ihren ausgestickten Sternen am finsteren Zelt, für meinen Amtsbruder hinter den Wiesen das Lamm aufzutreiben. Alles war doch eine Frage des Willens in einer Gegend wie dieser, nachdem wir durch das irregeleitete Telefon sein glorreiches Jubiläum auf dem Ascheplaneten erfahren hatten. Aus meines Herzensfreunds rotem Bart fielen die Sonnenfunken mir vor das Rad, und wir sahen die sentimentalischen Kletterrosen an ihren Spalieren mittäglich dösen. Kein Blättchen regte sich mehr, und die kunstlosen Häuser lagen, ganz versessen auf Zurückgezogenheit, schleichenden Verfall, provoziert durch einen unergründlichen Boden, in ihren Gärten und Gärtchen, und die verschiedenen und ähnlichen Hunde druselten davor in einem Staub, der Ende des Sommers feingemahlen nun war. Aus der Entfernung konnten wir den Viehdoktor an seinem Fiat erkennen. Mal kam uns das Automobil spöttisch entgegen, mal folgten wir ihm hintennach, eine wechselhafte absurde Erscheinung auf einziger mäandernder Straße zwischen den Sümpfen. Die Glanzkröte im leerweißen Himmel zwang mich, ein oberes Kleidungsstück auszuziehen, und ich warfs aus der Fahrt an den Wegrand. So menschenscheu war gottlob diese Landschaft, und die Wege führten alle im geschlängelten Kreis, daß man sein Eigentum zu gegebener Zeit immer noch wiederfand. Steuerbord rollte ein Segel schlapp durch die Wiesen auf verborgenem Fluß. Ich hatte es sehr gern, solche Segel im Grünen fließen zu sehen und führte insgeheim Buch darüber. Die Kühe beißen und brommen, doch wird kein Regen kommen, sprach ich zu meinem Sonnenbegleiter, der gerade freihändig fuhr und einen hübschen Reiher im Fernglas hatte. Es ward mir keine Antwort zuteil, welche es auch gewesen wäre, weil der Mensch vor mir, auf dem bicycle reitend, den Feldstecher unter der Stirn, beinahe zu Fall kam, absprang und rief: Hier musses wohl sein, Tüffelken. Im engen Gebüsch war ein symbolisches Tor enthalten, und als wir hindurchzublicken vermochten, stürzten drei seitliche Hunde heran und legten die schwarzen wollenen Arme auf seinen Rand. Welch ein Getöse in falber verschlafener Zeit, was fürn entsetzlicher Enthusiasmus wegen zween gabelförmigen Wesen mit Rädern. Ich weiß schon, warumb die Katzen mir fester am Herzen liegen als diese geifernden Misthaufenhüter. Die Denunzianten verpißten sich gleich, als ihr Fürst nun hervorkam und das mit Bindfäden gesicherte Tor aufgetan wurde.

Der edle Landmensch ließ uns einschlüpfen, verknotete wieder die Öffnung zu seinem Paradies. Er trug verblichene Jeans und zerrissne Sandalen. Die langen Haare waren in der Mitte gescheitelt und wurden von einem geflochtenen Stirnband gehalten, dessen lose Enden perlenbestückt ihm auf den Rücken fielen. Tönt all ihr Sonnen auf der Strasze voll Glantz! sprach ein

Klassiker aus mir, als ich sonnenbebrütet den hübschen Männern sacht hinterherschritt. Es geschah auf schnurgeradem Weg, an dessen Rändern Eisenkraut und Chabaud-Nelken angebaut waren, die einzigen Blumen, die ich auf dem Grundstück erblickte. Klettenbusch, Beifuß und mächtige Bündel vom Wiesenkerbel, dessen Dolden schon braune Früchte trugen, auf stärkere Winde hofften, die Kerbelwelt erneut zu begründen, sie alle gaben dem Besitz nebst den Pekingenten, den vielfältigen bunten Kaninchen unter geräumigen Drahtstürzen, den Pfauentauben im Apfelbaum drin, ein eher alternatives denn aufgeräumtes Gepränge. Das Haus vor uns stand auf einem Erdwall und war aus grauem Beton flüchtig errichtet, und sein vorgezogenes Dach verhieß einen kostbaren Schatten. Aus einer Bohnenlaube trat die Hausfrau auf Strohlatschen vor und setzte uns, ihren Besuchern, die sie vom Schützenfest kannte, das Jeverbier und den Appelkorn auf einen selbstgezimmerten Tisch. Wir tranken, und die beiden glaubten schon, daß sie irgendwo ein Lamm finden würden, wie wir es uns vorgestellt hatten. Die Frau mit den Strohlatschen, aber auch einer königlich-dänischen scharfgeschnittenen Nase, sang ein vielstrophiges Lied über die ernsthaften Vergnügungen des Landlebens gerade an dem einzigen Ort hier. Und verglichs mit ihrem vorausgegangenen Dasein, als sie einem Beruf täglich nachlief. Ihr Komplice hatte sieben Sprachen beherrscht und, Gott seis gedankt, noch jede vergessen, seit sie sich unbedenklich dem Leben hier ausgesetzt hatten. Wir können jetzt tagelang vor dem Haus sitzen, mit nichts anderem befaßt, als über das Moor zu blicken, den Kiebitzen nachsehen oder in den jeweiligen Himmel starren, schloß sie bewegt. Dementsprechend sah das Höfchen ja aus. Alles ein bißchen kreuz und quer, flüsterte ich, und: überall flattert ein Huhn. Doch stieß ich einen lauten Seufzer der Bewunderung aus, und die freundlichen Menschen führten uns zu ihren Lieblingsschweinen, mit denen sie angeleint lange Ausflüge ins Moor unternehmen. Die Schweine waren wirklich sehr hübsch und trippelten, als ob sie hohe Absätze trügen, vor dem Stall unter den Sonnenschirmen des Rhabarbers herum. Sie riefen bei uns jenen zwiespältigen Eindruck hervor, wie er bei echten Sattelschweinen sehr leicht erzeugt wird, ob der übergangslosen direkten Teilung in eine schwarze und eine weiße Hälfte. Um auf die Schafskoppel hinzugelangen, stolperten wir aus dem Sonnenstrudel zuerst auf die Tenne, dann durch den Stall. Auf der Tenne, unter der Leiter zum Heuboden rauf, brütete eine Gans zu dieser etwas ungewöhnlichen Zeit. Sie blickte bescheiden auf den eigenen Schnabel nieder und hielt den Hals in einer Neigung, die sowohl Würde als auch Anstand in hohem Maße auszudrücken imstand war, und da ich sie länger, als anscheinend schicklich war, ansah, zischelte sie. Die Tages- und Jahreszeiten spielen für uns kaum eine Rolle, sagte unser Indianer, und daß ihr Viehbestand, inbegriffen die Kühe, nun darauf trainiert sei, sie, ihre Pfleger, erst mittags zu erblicken, die um nichts in der Welt jemals wieder vor Tau und Tag aus den Federn zu bringen wären und um ihr Seelenheil gern ausgiebig schliefen. Das konnten wir, die Besucher, freilich begreifen und durchkreuzten den unorthodoxen Stall, wo unter anderem manches Kunstwerk zu sehen war, das der Honigpumpe von Beuys haargenau glich. Der Freund trat unverhofft in einen bodenlosen Eimer, in den aber auch hier nicht gemolken wurde, und so blieb der Schaden gering. An den unsichtbaren, knurrenden Hunden in der Milchkammer entlang gerieten wir zunehmend ins Sumpfland mit seinen weitläufigen Weide-Inseln darin, wo die Schafe saßen und kauten. Das weiße Schnabelried blühte, und die großen Sträuße der Königsfarne neben den Wassertrichtern warfen einen geringen Schatten. Die trockenen Blütenstände des Beinbrechs und das leuchtende Sumpfblutauge kamen uns vor die Füße, und die Gagelsträuchlein verströmten ihren bitteren Duft. In dieser Gegend hatten wir unseren weitläufigen Nachbarn oftmals im Fernglas erblickt, wenn er anscheinend tanzte und sprang und in wilder Bewegung seine Schafe zusammentrieb. Auch jetzt hüpfte er, schrie denen hinter elektrischen Drähten sein Mäken! Mäken! entgegen, und sie kamen aus jeder Richtung hervor in einen gewundenen Kral, wo wir sie gründlich betrachten konnten.

Es war unglaublich, wie viele verschiedenartige Schafe der schöne Naturmensch besaß. Holländische Texelschafe, Schwarzköpfe, Romanow-Mütter daneben mit ihren langbeinigen Lämmern, die fast ausgestorbenen Skudden, große Merinos, das Coburger Fuchsschaf, einige Leine-Schafe drängelten sich, und selbst ein Kärntener Brillenschaf konnte ich erkennen. Wunderschöne Bergschafe, deren herabgesunkene Ohren ihnen den sanften Ausdruck verleihen, quirlten als letzte in das Gewinde des Krals. Spät in der Weltzeit vielleicht, begann unser stirnbändiger Freund, öffnen wir unsere Arche mancherlei Schafen, und ich antwortete, seine Betrübnis zu hintergehn, suchte mir auch schon ein schwarzes Lamm mit den Augen aus: Das leichte Wasser wird unser Ende nicht sein, weshalb auf den Salamander ich setze. Das Gestirn war auf seinem Wege nach Westen ein gutes Stück vorwärts gekommen, und weil im Flachland alles so einsichtig ist, schwor ich, an das Ptolemäische Weltsystem weiter zu glauben und diese Sümpfe als seinen Mittelpunkt zu deklarieren. Sofort kam mir eine Kreuzotter der schwarzen, nördlichen Art vors heidnische Auge, wie sie auf einem hübschen Bette von Glockenheide und Moos sich erwärmte. Und als die Männer drangingen, das schwarze Lamm mit dem Lasso zu fangen, krümmte sich das Licht um die Ränder der Wasserlöcher, aus denen die Sonnenriesin sichtbar da trank. Die jungen Männer jachterten tüchtig herum, und es nahm sich aus, als hätten sie einen Sonnenkoller, bis sie des Tieres habhaft waren und völlig erschöpft. Wir gaben die übrigen Schafe aus dem Kral wieder frei und stiegen mit dem blökenden Lamm über Drähte und Gräben, einer reichte es dem anderen hin, und ich taufte es mit dem Wasser, das mir oft über die Füße quoll, auf seinen merkwürdigen Namen, während ein paar Düsenjäger unidentifizierbarer Nationen ihren bombastischen Kappes trieben. Schließlich betraten wir unsere kleine dunkle, am Rande eingesunkene Straße und stellten das Lamm Fides auf seine vier Füße. Sonder Mühe wurde ein Preis ausgehandelt, und daß die Verkäufer dem Kind die Klauen noch schnitten, ein Wurmmittel einflößten, eh wirs vor Einbruch der Nacht holen und unserem Freund am seidenen Faden zuführen würden. Wir hatten das Tor des Höfchens erreicht, vor dem die holländischen Fahrräder angelehnt waren. Die märchenhaften Hunde hingen über den Rand und waren kurz davor, einen Handstand zu vollbringen. Die wollten uns wieder was husten und prusten und führten sich tollwütig auf. Doch ich sagte dem einen Trauermäntelchen, dem zweiten Schwarzdrossel ins Ohr, und den dritten nannte ich Mücke, und da schwiegen sie alle. Ich würde das Schäfchen mit Rosen schmücken, ein sanftes Rosa wäre der Gipfel.

Ein Grasmückenton begleitete uns und klang nach Joringel Jorinde. Das siebzehnte Segel des Jahrs fuhr durch die glänzenden Wiesen, und als es mir langsam aus den Augen geriet, dachte ich an ihn, dem das Lamm zugedacht war. Vielleicht konnte ich mit dem Tier einen Zauber bewirken, denn mir schwante, er steure einer Trübsal entgegen. Ich hob mein durchbrochnes Jäckchen vom Wegrand, das Carola mir nähte. Es würde alles wie im wirklichen Leben geschehen. Liebte den aufsteigenden Dunst über dem Moorland sehr, welcher den Sonnenklumpen verwackeln ließ. Die Heudiemen vom vorangegangenen Tag begrüßten uns, und auf den Viehkoppeln waren die melkenden Trecker längst bei der Arbeit. Die Kiebitze flogen in Scharen hoch in den Lüften hierhin und dorthin, und plötzlich fiel einem der

Herbst ein. Aber die Bauern wollten noch einmal ins Heu.

Die Schafe vagabundieren neubepelzt froh auf dem Deich mit frischgeschnittenen Hufen. So hat die Zwergbauersfrau ein leichtes Gewissen: Zweizahn, Sumpfschafgarbe, der aufrechte Ziest, alles was heute in Blüten steht, gerät ihr in die ausgebreitete Wirtschaft, während der Prosaist auf dem Resthof die Vergangenheit bannt.

In den vergangenen Jahren hatte ich, wenn die Tage kürzer zu werden begannen und erst die Störche, danach die Schwalben ihre unsicheren Straßen fortzogen, immer vergeblicher nach ihnen Ausschau gehalten. Ich konnte mich nicht erinnern, wann mir zum letzten Mal Pilze an den tauglichen Stellen der tiefen Wälder erschienen waren und zu welcher Zeit ich sie mir ganz aus dem Kopf schlug, bis ich sie gestern wie Invasoren in unserem Garten vorfand. Es waren nicht irgendwelche dünnbeinigen Vertreter unter den Sträuchern der Windschutzpflanzung, sondern gut entwickelte eßbare Pilze, die anscheinend fortwährend wuchsen. Idealische Gestalten wie aus dem Pilzbuch, was die Angelegenheit gar nicht normal macht. Zu groß, zu farbenprächtig wuchert die Nebelkappe zwischen den Herbstzeitlosen, steckt die Herkuleskeule im Chrysanthemen-Beet fest. Auch scheinen sie nachts von den zahlreichen Schnecken verschont zu werden, die saloppen Hüte weisen nicht die geringste angebissene Stelle auf. Ich besitze nicht die Bravour, die Fruchtkörper längere Zeit anzuschauen, geschweige zu ernten. Und wenn ich den

Kopf hebe, ihren Anblick zu verlieren, so ist es ein merkwürdiger breiiger Himmel, der sich langsam herniedersenkt.

An den schönen Tagen des Herbstes gingen wir wie in jedem Jahr über die Insel. Anfangs durch das Dorf an Gärten vorüber, in denen die alten geviertelten Rosen blühten und Balsaminen die Tore bewachten, und Edith wußte die Geschichte eines jeden Hauses, die manchmal zum Lachen, öfters zum Weinen war. Sie redete nicht wie die Arztfrau, als die ich sie kannte, sondern wie das Dorfkind zuvor. Das Blut der Eheleute harmonierte nicht miteinander, konnte sie flüstern, so wurden die Kinder gelb und starben in früher Jugend. Sie deutete diskret mit dem Kopf auf ein großartiges Haus uns gegenüber. Mittags trafen wir gewöhnlich John in den Klippen, wo er im dritten Jahr die Uferschwalben observierte und Kotproben in allerhand numerierte Schächtelchen tat. Wie gerieten dann zu dritt auf den Friedhof von C. und buchstabierten die mitteilsamen alten Steine der Waljägergräber, worüber die Brombeeren sich beugten. Dieses Mal gingen wir eilig grüßend vorüber, weil in der Kirche die Orgel geschlagen wurde, und banden den Hund an den Prellstein. Betraten das Kirchenschiff, das diesem Namen noch Ehre machte mit seinem hölzernen verschraubten Gewölbe, und konnten des Orgelspiels doch nicht teilhaftig werden.

Wurde hier nicht die Orgel gespielt? fragten wir eine alte Frau, die gerade die Kirche ausfegte. Die Orgel ist seit zweieinhalb Jahren verschlossen, sagte sie, doch im Winter wird man sie richten. Wir verwunderten uns sehr, traten ins Freie, die Alte bei ihrer Arbeit nicht länger zu stören und unseren kurzangebundenen winselnden Hund zu erlösen. Er knurrte zu einem Wasserspeier auf dem niederen Kirchdach empor und bellte, als wir kamen, das Teufelchen an. Obgleich ja nicht die geringste Wolke sich am Himmel befand, die Sonne ordentlich stach, war der Neufundländer naß wie ins Wasser getaucht. Es geht auf eurer Insel nicht gerade sehr fromm zu, sagte ich unserer Gastgeberin, aber sie lachte nur, und die Sonne, oder was es nun war, ließ ihr rotes Haar bemerkenswert glühn. Gleich hörten wir wieder die Orgel spielen und hängten die Ohren dicht an die alte verwitterte Tür. Nach einigem Präludieren vernahmen wir eine Knabenstimme und folgendes Lied:

Die weißen Schwäne fliegen
Über das dunkle Moor.
Die blassen Sterne stiegen
Aus dem Walde vor.

Viel Nelken stehn im Rasen
Hör wie der Nordwind rollt.
Das Füchslein frißt den Hasen
Weil Gott es so gewollt.

Ich hatte ja jedes Wort verstanden und den einfachen Text in mein Notizbuch geschrieben. Nun wollte ich John das Lied übersetzen, aber Edith fing damit schon an und behauptete, es sei auf Friesisch vorgetragen gewesen. Der Ornithologe lachte, er schwor Stein und

Bein, es sei Gälisch gewesen, und wenn hier jemand das Lied übersetzte, so wäre er es.

Stus also ist tot, und eigentlich sollte ich froh darüber sein, weil sie ihn jahrelang geschunden haben, da er der Pfahl in ihrem Fleisch war, und Majakowski und Jessenin erwarteten ihn mit einem Trommelrevolversalutschuß, und anschließend erschossen sie sich wieder und wieder, und sie haben wie Pferde im Ersten Weltkrieg gelacht und mit Stus auf den Planeten herunter gesehen, tief ins verschneite Sibirien rein, wo er die jahrhundertealten Wegspuren der Gefangenen leuchten sah, und das gab ein verwirrendes gleißendes Muster, und Anna und Marina, aber auch Edith Södergran, alle haben sie zu seiner Begrüßung ein Poem von Puschkin auf ihren zuckenden Lippen gehabt und nannten Stus Herzweh. Ich saß in meiner Schreibstube über den Wolken und hatte mir gerade an der Tür einen Aufkleber der Gesellschaft zur Rettung Schiffbrüchiger angebracht, denn für die Gestrandeten wird hier im Norden am Saum der See stets noch gesammelt, und wenn man dreimal sein Scherflein hingab, wird man automatisch zum Mitglied. So betrachte ich mich als eine, die es versucht, irgend etwas zu retten, und befinde mich jede Nacht in einem der Seenotrettungskreuzer und jage die Weltmeere durch und scheitere selbstverständlich in knapper Zeit, aber bis dahin fliegen wir noch, Seele, sagen die Slawen, und eine gute Weile pro Nacht hab ich ein slawisches Herz, in den Steppen belassen stopft es sich die Kammern voll Wermuth. Seit Tagen und Nächten weht ein starker Nordwest, der die geringe Anzahl aufrechter Bäume in diesem Landstrich vermindert. Die Platzregen dazwischen bewirken, daß Kühe durch Erdrutsche in die Vorflutergräben geraten und vielfalls ersaufen. Mit einem Trecker werden die Kadaver über die Wiesen an den Straßenrand gezogen, bis das grüne Schinderauto sie holt. Alles sehe ich von meinem Fenster.

Ich weiß nicht, ob ich zu jenem leichtgläubigen Wesen mit dem Mittelscheitel, den Messingklemmen über den Ohren, Zöpfen bis zu den Kniekehlen hin, die stets im Begriff sind, sich aufzulösen, ob ich ich zu ihm sagen soll oder sie oder es oder das Kind, ein Kind, weil dies Weidenblatt seit ehmaliger Zeit sich verwandelt hat, eine wandernde Seele gar abgab. Stak sie vorher in einem Lamm fest, das ängstlich blökte, wenn es die Mutter nicht sah, so ist sie später gestreunt, dem Balg einer Tigerin eingeschlüpft, listenreich scharfer Zähne. Reißt das dampfende Maul auf zum Fauchen und Fluchen, war einst zu Bescheidenheit-Nachgiebigkeit erzogen. In fröhlicher Armut, einem Haus asozialer Familien.

In einer Herbstnacht, als der Vollmond erglühte, später sein Licht weit in die Ebene goß, unaufhaltsam auch mir ins Gesicht schien und ich im unruhigen Halbschlaf verschiedene Methoden prüfte, dem Esel sein Schrot zu verabreichen, ohne daß die zahlreicher gewordenen gierigen Schafe es ihm verwehrten, sah ich plötzlich die Pferde der Kindheit aus der Vergessenheit treten mit ihren Namen, den umgehängten Futtersäcken, das Maul darinnen, nach vierzig Jahren. So standen die Belgier des Kohlenhändlers in der Toreinfahrt des ehrwürdigen

Hauses, das längst zusammengestürzt war, während ein kleiner, schwarzgepuderter Mann Briketts in Weidenkörben in den Kohlenstall trug, und ich konnte nach den schweren Schritten das Schurren der Kohlegabel hören und daß die Körbe auf den Rücken gelangten. Schmeckte den Staub in der Luft. Während der Wagen sich leerte, fraßen die Pferde im günstigen Fall aus den Futtersäcken, die sie umgehängt trugen. Ich sah die bewimperten Augen über den Rand schaun, und die Tiere stützten die Beutel auf die Deichsel des Wagens, um bis zum Grund zu gelangen. Öfters wurden die Futterbeutel jedoch gar nicht gefüllt, sondern die hülfreichen Tiere lediglich symbolisch mit ihnen versehen, doch sie gaben die Hoffnung nicht auf, zwischen den groben Nähten Haferkörner zu finden. Wenn es schneite, der Ostwind über den Güterbahnhof herangetobt kam, erhielten die Pferde rotbraune Decken übergeworfen, deren Messingösen ich im Mondlicht wiedererkannte. Die Tiere schnaubten und gelangten an reichlichen Hafer. Als sie den Wagen weiterzogen, ich den Kohlendreck und hinterlassene Pferdeäpfel gesondert zusammenfegte, den Mist wie im Traum in den herrlichen Garten trug, hörte ich den Milchwagen einspännig vorfahren. Ein hellgelber Kastenwagen mit verriegelten Türen, einer Glocke neben dem Kutschbock, die geläutet wurde, bevor das Pferd jeweils stand. Es war ein häßlicher, magerer Schimmel, dessen Senkrücken auch die Verklärung nicht aufheben konnte und dem niemals ein Futtersack das Warten vor den Häusern vergalt. Ich holte die Milch in einem irdenen Topf, während die Spatzen sich auf dem Dach die Hälse um erneute Pferdeäpfel verrenkten, und kehrte, so schnell die schwappende Milch es zuließ, in den dunklen Hausflur zurück. Wenn ich dem zwergenhaften Milchmann entgegentrat, der mich aus seinen verwischten tränenden Augen ansah, so war es, als würde mein Körper aus unzähligen, abwehrend ausgestreckten Armen, zurückgebogenen Händen bestehen. Die Ablehnung geschah unbewußt, denn ich war weit davon entfernt, erwachsene Menschen zu jurieren. Bemühte mich gerade, am Beispiel der eigenen Mutter Toleranz einzuüben, was mir bis heute nur in niederem Maße geglückt ist. Jeden Tag sah ich, wie sie den unterschiedlichen Menschen, die in Vorder- und Hinterhaus meines Großvaters für eine geringe Miete wohnten, offen und unverhohlen begegnete und sich in die vielen Personen einzufühlen vermochte, die oft so verfeindet waren, daß sie jahrelang nicht miteinander sprachen. Doch wir sind bei den Pferden, und es gilt, der Ackerpferde des Nachbarn zu gedenken, wie ich sie jeden Tag sah oder abends beherzt in die Schwemme ritt. Die Wallache brachten die zahlreichen Kinder aus unserem Hause zum Rübenverziehen nach Klein-Amerika hin, einer Feldflur, die weit außerhalb der Stadt und des anschließenden Dorfs lag. Futtersäcke für die wertvollen Braunen, daran kann ich mich deutlich erinnern, aber nicht an Vesperbrote für helfende Kinder, verdünnte Wurstbrühe höchstens nach einem halben Jahr. Zu dieser Zeit bestimmten die verschiedensten Pferde, die unterschiedliche Wagen und Wägelchen zogen, das bewegte Bild einer Kleinstadt viel mehr als die altmodischen Automobile, welche dazumal noch wie Kutschen aussahen, denen man die Pferde requirierte. Ach, es gab wunderschöne Kaltblutpferde, die geflochtene Hauben gegen lästige Bremsen trugen, niedriggewachsene isabellfarbene Stuten, Kutschpferde in silberbeschlagnem Geschirr, Belgier mit roten Troddeln am Zaumzeug, die noch die schwersten Lasten gleichmäßig zogen. Ab und zu einen Menschenauflauf, weil wieder ein Pferd gestürzt war, und wenn ich mich in der Nähe aufhielt, mußte ich bleiben, bis das Pferd gottlob auf den Beinen stand oder, zum Teufel mit ihm, zu meiner großartigen Trauer getötet wurde. Ich kannte Pferdebesitzer der verschiedensten Stände, doch niemanden, der ein Auto zu führen imstand war. Während des Krieges verschob sich das Verhältnis von Pferden zu Automobilen in mehrfacher Weise. Erst nahmen die Autos zu und die Pferde ab, dann verringerten sich die Autos und die verbliebenen Pferde, bis es eines Tages nur noch uralte Pferde und allerletzte Autos gab, die man meilenweit roch, da sie Holzkohleöfen wie Rucksäcke trugen, mittels derer sie sich schleppend vorwärts bewegten. Zu dieser Zeit wurden die Fahrräder für etwas Wehrmacht geheißen häuserweis eingezogen und dahin gebracht, wo die Pferde angeblich schon waren. Der Bauer sollte in Norwegen stehn, und seine Frau fuhr mit einem Ochsenkarren Klein-Amerika an.

Immer zu dieser Jahreszeit, wenn ich glaube, die ersten Fröste müßten die Sträucher entblättert haben, daß ich entweder vordringen oder mich wenigstens orientieren kann, versuche ich den Maquis zu durchbrechen, auf die Lichtung hinzugelangen. In günstigen Wintern soll es möglich sein, von dort aus das Dornengestrüpp hinter sich zu bringen, die letzte vorhandene Stadt erreichen. Die Gegenwärtigen leben in Rudeln, und nur ihre vermehrten Kräfte gestatten es ihnen, mit der Natur fertig zu werden, den Sommer überstehen, einem Winter entgegenhoffen, der eines Tages den Ausweg bringt. Wenn sie Sorge tragen, daß die Rudel sich nicht vergrößern, sie von Nichterwachsenen so wenig wie möglich behindert werden, ihre Populationen weder überaltert noch von reflektierenden Mitgliedern durchsetzt sind und die Führer notfalls Abhilfe schaffen, werden sie schließlich erfolgreich sein. Ich halte mich allerdings allein in den Dornen verborgen auf und versuche, durch wache Sinne und eilige Flucht mich zu retten. Ich habe eine Chance, die Lichtung zu erreichen, solange ich über genügend Kräfte verfüge, unter den schleifenden Wolken nicht den Verstand verliere wie mein Gemahl, denn so hieß er, mit dem ich anfangs auf Tour war. Wir hörten, wenn wir den Boden von den Wucherungen freigekratzt hatten und jeder sein Ohr auf ihn legte, noch öfters das sanfte Brausen der Städte und meinten, die verschiedenen Motortypen der Automobile unterscheiden zu können.

Den ganzen Tag mühte sich die Sonne vergeblich, den Nebel zu durchdringen, manchmal stand sie kurz vor dem Sieg, aber stets verdichtete sich das stumpfe Weiß, und ab Mittag war deutlich zu erkennen, daß sie nicht mehr zum Zuge gelangen würde, da auch der letzte Windstoß verebbte, jeglicher Hauch über dem Nordmeer einschlief, wodurch die Gegenwart ein noch vergänglicheres Wesen erhielt als an gewöhnlichen Tagen. Man konnte gerade eine Koppel weit sehen, und die Größenverhältnisse hatten sich dermaßen verschoben, daß die schulfreien Kinder, die mit Schlittschuhen auf den schmalen Gräben sich mühten, mal wie Riesen, dann wie die Mäuse erschienen, und ihre Stimmen verfingen sich ineinander und in den Nebeltüchern, drangen von allen Seiten auf mich ein, bis ich sie endlich hinter mich brachte. Ich orientierte mich an den spärlichen Weidenbüschen und erreichte das Gasthaus. Der weiße Spitz bellte, als hätte er mich niemals gesehen, aber neulich kaufte ich Bier, und wenigstens dreimal im Jahr komme ich, um Zigaretten zu holen. Der Automat steht im Hausflur, und meistens gelingt es mir, ohne daß mich ein Mensch gewahr wird, den Ort zu verlassen, aber der Spitz bellte und bellte, daß ich fest damit rechnete, aufgehalten zu werden, und hatte meinen maulfaulen Tag, an welchem mir jeder Buchstabe noch zu viel war. In der Gaststube spielten sie Doppelkopp, und jemand warf die Musikbox an. Ich trat dem Automaten, wie er es gewohnt war, in die Seite, worauf er mir ein Päckchen Marlborough gab, das ich in der Manteltasche verwahrte, und als ich ins Freie kam, an dem Hunde vorbei, einem goldenen Mistberg entlang, zurück ins weite Weiß, war es ein Tag, an dem man für ewig verlorengehen konnte, einfach nie wieder gesehen wurde, wenn man nur ein paar Schritte nach einer Pakkung Zigaretten ging, das war mir bewußt, aber ich versuchte schon, den rechten Weg dorthin einzuschlagen, wo ich erwartet wurde, und ich würde auch dort sein, wenn man meiner bedurfte und Fragen an mich hätte, die ich vielleicht beantworten würde.

Ich hatte mehrere Leben, die sich voneinander stark unterschieden, und wenn das eine endete, das nächste begann und es galt, schnell ein paar Abgründe zu überwinden und wieder Land zu sehen, auf dem sich ausschreiten ließ, geschah es, daß ich fest wie ein Stein schlief und dennoch die klarsten, poetischsten Träume hatte, weil in solchen Zeiten persönlicher Revolutionen wahrscheinlich Häutungen erfolgten, die mich empfindlich sein ließen, das bunteste hilfreiche Kino im Kopf erzeugten. Zu Beginn des dritten Lebens in meinem dreiunddreißigsten Jahr war es ein Traum, den ich aufschreiben konnte, als ich erwacht war, der mich so deutlich gefangen hielt, daß ich noch heute die anrührenden Bilder hervorholen kann, und es ist mir nie möglich gewesen, die Sätze des Stückchens in irgendeiner Weise zu ändern, dem augenblicklichen Schreibstil anzuverwandeln. Ich habe es durch die folgenden Leben bis in dieses hier eingeschleppt, und es ist möglich, daß ich mich in die Zeit und an den Ort seiner Entstehung rückversetze, was einem Abstieg in ein Bergwerk ja gleichkommt, oho wenn ich dort bin, werde ich eine Elbschiffermütze auf dickem Haar, das die Flügel schlägt, tragen und übern Schnee, unter dem Katzenkopfpflaster liegt, kommen, auf zugefrorenem See mit Rissen zu gehen, nach dem, dem die Mütze gehörte, zu rufen, was wieder Jahre in Anspruch nahm.

Es war Winter, und ich wollte zu einem Konzert in eine große Kirche. Als ich eintrat, glaubte ich dort schon gewesen zu sein. Eine Dame kam auf mich zu und fragte, ob ich wüßte, wo die Predigt stattfände. Ich wußte es nicht. Ich versuchte, die Frau für das Konzert zu interessieren und schlug ihr vor, mich auf die Empore zu begleiten. Sie nickte, und ihre braunen, altmodischen Locken sprangen dabei. In der Mitte des Raumes befand sich die Wendeltreppe, von der ich wußte vor allen anderen Menschen. Die Dame in meinem Schlepptau stieß nun auf ihresgleichen und ging mit denen davon. Ich kam an der Orgel vorüber, die leise gespielt wurde. Nun hörten die Teppiche auf. Am Sandstein lehnten zwei Männer, der eine trug einen Mantel aus Bärenfell, und beide waren maskiert. Ich wunderte mich. Es war zu früh im Jahr für Faschingsfeste, und außerdem sollte es hier Kantaten und nichts anderes geben. Doch ich sah, daß beide unter den Mänteln verkleidet waren. Es glich abgewetzten Stücken aus dem Kostümfundus eines kleinen Theaters, schlecht gepflegten Uniformen zu Wallensteins Lager. Der mit dem Bärenfellmantel ging mir voran durch die Kirche, da hatte das Konzert schon begonnen, die Kerzenflammen zitterten wild. Wir betrachteten alte Gemälde, denn ich kannte die geheimen wertvollen Stücke an ihren verborgenen Orten. Bewaffnete Engel die Schwerter blutrot. Mein Begleiter fröstelte und sprach von mehreren Kontusionen, die er unter dem Prinzen erwarb. Der Ausdruck seines Gesichts war freundlich-ernst und voll inniger Güte. Wir blieben lange in dieser Kirche und schliefen in seinem Bärenfellmantel. Schlang ihm mein Amulett um den Hals, die Schnur aus kleinen Schwalben gebildet. Später schien der Mond in den Raum, und ich erwachte allein in dem Mantel. Über alle Maßen traurig verließ ich den Ort durch eine niegesehene spinnwebverschnürte Tür. Ich befand mich unter einem milchweißen Himmel, hörte die Wagengeräusche vom Marktplatz, und der Mond gab sich Mühe, auf die Kirchenmauer zu scheinen. Ihr Schatten fiel auf eine Straße kleiner Häuser, deren Giebel ihr zugeneigt waren. Fast zu jedem Gebäude führten Stufen empor. Und als ich bemerkte, daß keines der Häuser einen Briefkasten hatte, war es ein vorübergehender Freund, der mir das Amulett mit den Schwalben still überbrachte. Wo ist er, fragte ich ihn. Hier, sagte der Freund und berührte eines der kleinen Häuser, vor denen ich stand. Alle waren ohne ein Licht, und es stak nirgends ein Schlüssel im Schloß. Das letztere festzustellen, bückte ich mich, sah doch einen Schein durch Steinritzen schimmern. Das war das Mondlicht, es fiel von außen ins Haus und wieder heraus. Ich wußte mit einem Mal, daß die kleinen Häuser Erbbegräbnisse waren an der Mauer der Kirche. So lebte er nicht, so war er tot. Die merkwürdige Uniform, die Rede von den Kontusionen. Natürlich. Ich ging langsam davon mit dem Mantel. Am nächsten Abend stand ich wieder vor dem Haus oder dem Grab, und ich wußte nicht, worauf ich da wartete. Einmal schlug die Tür auf, und ich gelangte in einen Gang, welcher sich zögernd erhellte. Er führte zu einem Gewölbe, worin sich zwei Sarkophage befanden. Zwei Schlafende waren für die Aufsätze in Marmor geschlagen und ruhten in Gewändern und Tüchern. Der Mann war der Soldat. Neben ihm befand sich ein Buch. Gleichfalls aus Marmor, enthielt es ein langes und berühmtes Gedicht. Die Frau war die Frau mit den wippenden Locken, seine Frau. Ich saß auf dem Stein, der wie ein Ruhebett aussah, über den Soldaten gebeugt und fand ihn von großer Schönheit. Ich hatte mich auf die Handflächen gestützt und fühlte den Stein. Darnach glaubte ich, die Hände auf Stoff auf Leinen zu haben, es war Leinen, und überzog die steinernen Falten Zentimeter um Zentimeter von meinen Handflächen aus. Am Kopfende des Bettes saß ein Feldscher und registrierte die Rückkehr des Soldaten aus seinem Stein. Erklärte, dieser Mensch sei nach der Schlacht bei K. an der Pest gestorben und seine Frau vor ihm. Der Soldat sprach, wo er mich zum zweiten Mal träfe, wäre gewiß, daß ich nun tot sei. Ich drängte ihn, das wiederholen. Er tat es, ich sagte: Nicht schlecht, so können wir uns fortwährend sehn.

Aus deinem Arm in den des Schnees der weißer ist als du im Winter bin ich gekommen und ich seh den See in fremder Uniform und alles Schilf geschorn –

Auf dem Fluß, der zerbrechenden Eishaut, gibt es stumpfe Flächen im strahlenden Wasser vor weißer niedriger Sonne hinter kahlen Alleen im Dunst. Im ehemaligen Knabenpissoire wurde ein Stall eingerichtet für den Fall, daß alle Schafe gleichzeitig niederkommen, die vorhandenen Schuppen nicht genügen. Ich liebe es sehr, einen Stall vorzubereiten, das Stroh einzustreuen, nachdem ich die Spinnenweben zusammenkehrte. Die

Strohballen scheinen beim Zerschneiden der Bindfäden, wenn sie sich dabei schon auszudehnen beginnen, deutlich zu seufzen. Das Stroh, in viereckigen Täfelchen nun, wird mit der Gabel in die Luft geworfen und fällt golden zu Boden. Die Katze Allerlei-Rauh in ihrem bunten Pelzrestchen-Fell springt mir durchs Fenster und richtet sich im Futtertrog ein.

Kam nun auf dem Prenzlauer Berg zu mir und konnte wohl meine Porzellanblumen, die mich ein Leben lang begleiten, in den Fensternischen erkennen, doch kaum meine Füße, ob ich nun lag oder stand, das machte, daß ich so lange schwanger schon war und glücklich geschieden. Dies war ein echtes Noth-Quartier in der Erich-Weinert-alias-Carmen-Sylva-Straße. Hörte den Canari der Schneiderin schrein und das betrunkene Pärchen über mir seine Amiga-Schallplatten zerbrechen. Schwor mir, nun auch bald Leben in die Bude zu bringen, und als ich in die Küche mich rollte, den Wasserhahn melken, war er so leer wie das Quadrätchen Himmel, das ich sehen konnte, wenn ich mich krümmte.

Hier Wasser in Leitung meine Dame, nehmen Wasser in Eimer solange da ist. In Küche alles verfault zum Beispiel Kartoffeln. Hole fünf Pfund mehr kann nicht tragen, esse zweimal, sind weg. Scharf gedüngt so alles Abfall. War in zwei Kriegen, aber nur Hand ist steif, Bein, und hier Splitter in Nacken. Spreche sieben Sprachen und habe wie Dolmetscher gearbeitet nach fünfundvierzig. Viel Verantwortung, Zahlen müssen stimmen sonst Sabotage und Schluß. Alles um mich gestorben, ging los als fünf Jahr alt. Gab neulich Annonce auf wegen Frau, kamen zweiundsiebzig, wollten her in Stadt ziehn meine Dame, eine hat bestohlen. Sehen Sie Inneres von Schrank alles neu, Wäsche, Kaffee, Stiefel mit Lammpelz. Hatte zwei Häuser mit Blumen, alles verkauft, Geld ruht in Bank. War vorher Lehrer in Peterburgleningrad dann Militär. Sehen unten in Hof Herr Wilhelm macht Garten, gab in Frühjahr Pflanzen von Grundstück. Kinder von unten Parterre rissen Köpfe weg. Ging runter mit Peitsche von Militär schloß Haustüre ab. Haute durch nicht kaputt. Dort auf Kommode sehen Zwerg Felix sitzt Sommer in Hof. Wollten stehlen. Habe wieder abgenommen wieder mit Peitsche. Meine Sekretärin fünfundachtzig in Sterben, alles stirbt bei mir wie gesagt meine Dame. Auf gute Nachbarschaft, holen Wasser jede Zeit. Um niemand kümmern in Haus, am besten Tür zu. Wenn sie wollten hin und wieder Brief für mich schreiben wegen Splitter in Hand, werde bezahlen und geben gute Tasse Kaffee. Sehen Sie zu große Anzahl Kinder in Kindergarten, wollen essen nicht arbeiten keiner will Wirtschaft führen für alten Mann. Frauen wollen nur stehlen und rein in die Hauptstadt. Hatte Frau hatte Wirtschafterin alles gestorben. Immer bezahlt, nun Geld ruht in Bank. Marusja sieht die Sonne im Osten untergehn alles dreht sich, im lachenden Eimer gluckert das Wasser. Ja ja, höre ich mich sagen, ich schreibe gern Briefe.

Ich habe beobachtet, daß die schwarzen Schnecken gerne Blütenblätter fressen, sie fressen leidenschaftlich was Buntes. Eine kaute am abgesunkenem Blatte vom japanischen Mohn, wie er sich seit fünfzig Jahren im Garten befindet und stets wieder aussät. Feuerrot eine leuchtende Hostie, die vielleicht glückselig macht. Es begibt sich an einem Spätsommerabend, und ich habe den Oleander gegossen, der nach langer Zeit wieder blüht, und schlage, als ich die Gießkanne weggestellt habe, die Stalltür ins Schloß. Die Nacht nimmt überhand, und Nebel quillt aus den Gräben, daß alle Farben verschwinden. Ich höre den Schafbock gegen die Bretterwand rennen und kann in der Entfernung die Scheinwerfer eines Autos erkennen. Als ich später die Haustür abschließen will, ist es heran und hält vor dem Eingang. Mein Onkel mit dem güldnen Parteiabzeichen steigt aus, und ich denke, wo kommt er her, aber es ist nicht mein Onkel, sondern ein entfernter Verwandter, der Unterschriften sammelt für die Wiederinbetriebnahme eines Reaktors ohne Rücksicht auf eine in seinem Inneren verlorengegangene Schraube.

Es war einmal während des letzten Krieges oder dem davor oder einem ganz anderen noch, da lebte ein Kürschner in Leipzig und war zum dritten Mal ausgebombt. Besaß noch eine ganz kleine Werkstatt und eine Frau, die war die Schönste auf der Welt und hatte Haare vom schwärzesten Schwarz und immer noch einen Zobelpelz in ihrer Truhe. Sie hatten auch eine Tochter miteinander, die war so schön wie ihre Mutter, und ihre Haare waren ebenso schwarz. Einmal ward die Frau Kürschnerin krank, da ging man daran, den Zobel gegen Brot, Fleisch und Zucker zu tauschen, damit sie wieder zu Kräften käme. Woher ist das Hühnchen, fragte sie und wußte über alles Bescheid. Da fühlte sie, daß sie sterben sollte, rief den Kürschner und bat ihn, er möge nach ihrem Tod doch niemand heirathen, der nicht ebenso schön wäre wie sie und ebenso schwarze Haare hätte. Und nachdem der Kürschner ihr das versprochen hatte, starb sie. Der Kürschner war lange Zeit so betrübt, daß er an keine zweite Frau dachte, doch als er zwei Jahre später verwirrten Geistes zurück aus dem Lager kam, da warf er die Augen einmal auf seine Tochter, und da sie so sehr ihrer Mutter glich, wollte er sie umarmen wie seine liebe Gemahlin. Die Tochter erschrak von Herzen und sagte, er solle ihr erst einen Mantel schaffen von tausenderlei Pelzwerk zusammengesetzt, und alle Thiere im Land müßten ein Stück von ihrer Haut dazu geben. Das Land war zerteilt und der Krieg eben vorbei, daß überall Theuerung herrschte und der Kürschner viel Mühe hatte, aus allerlei Hamster-, Katzen- und Mausefellen den Mantel zu nähen, aber schließlich ward er zustande gebracht, und der Kürschner gab seiner Tochter, was sie verlangt hatte. Das Mädchen suchte über Nacht die Geschenke, die es von seinem heimlichen Bräutigam hatte, zusammen, das war ein goldener Fingerring, ein goldener Ohrring mit einem Saphir, ein goldener Ohrring mit einem Papagei. Sie packte ihre drei schönsten Kleider in eine Nuß, dann machte sie sich Gesicht und Hände mit Ruß schwarz, zog den Mantel von allerlei Pelz an und ging fort. Sie ging die ganze Nacht, bis sie in einen großen Wald kam, da war sie sicher, und weil sie so müd war, setzte sie sich in einen hohlen Baum und schlief ein.

Sie schlief noch am hohen Tag. Da jagte gerade ihr heimlicher Bräutigam, der als G.I. zurück in das Land hier gekommen war, in dem Wald nach ein paar Hasen, seine Hunde aber liefen um den Baum und gaben Laut. Der Offizier schickte die Ordonanz zu dem Baum, er sollte sehen, was für ein Thier in dem Baum steckte, der Mann kam wieder und sagte, es liege ein so wunderliches Thier darin, wie er sein Lebtag noch keins gesehen, Rauhwerk allerlei Art sey an seiner Haut, es liege aber und schlafe. Da befahl der Offizier seinen Leuten, sie sollten es fangen und hinten auf den Wagen binden. Das thaten die Soldaten, und wie sie es hervorzogen, sahen sie, daß es ein Mädchen war, da banden sie es hinten auf den Wagen und fuhren damit in ihr Quartier. Allerlei-Rauh, sagten sie, du bist gut für die Küche. Du kannst Holz und Wasser tragen und die Asche zusammenkehren, dann gaben sie ihm einen kleinen Verschlag unter der Treppe, wohin kein Tageslicht kam: Da kannst du wohnen und schlafen. Nun mußte es in die Küche, da half es dem Koch, rupfte die Hühner, schürte das Feuer, belas das Gemüse, und that alle schlechte Arbeit. Weil es alles so ordentlich machte, war ihm der schwarze Koch wohlgesonnen und rief manchmal Allerlei-Rauh und gab ihm etwas von den Überbleibseln zu essen. Ehe der Offizier aber zu Bett ging, mußte es hinauf und ihm die Stiefel ausziehen, und wenn es einen ausgezogen hatte, warf er ihn allemal ihm um den Kopf.

Oftmals im Lauf des Jahrs oder der Jahre, wenn ich im Schneesturm vom Deich gleich abgeblasen werde, wenn der Birnbaum vorm Fenster des Grünen Zimmers aufgeblüht ist, sein starker Duft nebst Bienengebrumm den Kopf mir vernebelt, wenn das schöne Gestirn den Sommertag von Anfang bis Ende beleuchtet, in die ovale Phase gerät, in den glühendsten Farben versinkt, daß einem die Augen zerspringen, an solchen Tagen oder in Nächten, wo die Hörner des Monds überm Hausgiebel stehen, fällt mir Carola ein: von gleicher Art werden Luft und Firmament auch in Mecklenburg sein. Carola und Mecklenburg sind mir standhaft verkuppelt, und als ich vor ein paar Jahren gefragt wurde, ob mir in diesem Land etwas fehle, und ich Mecklenburg sagte, hätte ich statt dessen CAROLA antworten müssen, es wäre präziser gewesen, denn eine Art Mecklenburg kann ich aller Tage hier im Norddeutschen finden, plattes Tellerland mit dem Geestrand, kleine, runde, lächerliche Berglein, das Moor und die Wiesen, die siebenundneunzig Prozent Himmel darüber, die verschiedenen Wolken, wie sie ihn gerade befahren, die gläserne Luft, aber Wesen wie Carola trifft man selten oder nie in seinem Leben, und gut und schön sind Adjektive, die ihr gehören, unumstößlich zusammengeschmiedet, was ich vor ihrer Bekanntschaft für unvereinbar gehalten hatte, da dachte ich entweder oder, und alles war simpel oder auch schwierig, oder schwarz oder schwarzweiß.

Die Lerchen steigen und fallen von morgens bis abends unter Gesängen in aufgewirbelten Lüften, Trauerenten fliegen hindurch und geben eine Ähnlichkeit zu segelnden Weinflaschen ab, im Gegenlicht zierlich verkorkt mit den Schnäbeln. Die Kiebitze schießen vor eines Füßen empor und quieken wie Ferkeln, der Turmfalk steht über dem Haus auf dem Mantel des Winds. In der Frühe gluckst und schnarrt es vom anderen Ufer. Wasser- und Moorhühnerchen, die Bekassinen erwachten. Wilde gesprenkelte Tauben befinden sich in den blattlosen Pappeln, die Krähen erscheinen losgelöst aus den Schwärmen des Winters. Moorgeschrei allenthalben. Schneeglöckchen blühen über den Deich und der Krokos in den Kleidern der Herbstzeitlosen. Die Märzbecher schicken sich an, ihre Glocken froh zu entfalten.

Carola. Carola ist von solch unbeschreiblicher südländischer Schönheit, daß sie recht daran tut, in der Einöde zu wohnen. Einmal nach wochenlangem Aufenthalt in Feldern und Wiesen wollten wir Pflaster treten und brachen in der Frühe nach Wismar auf, und als wir durch das Städtchen gingen in richtigen Kleidern mit meinem winzigen Kind an den Händen, wir trugen sonst auf dem Land verblichene Hosen, uralte Hemden, weiträumige Stiefel, die Haare zusammengeknotet, wie wir in Wismar, oder war es auch Greifswald, an den Häusern mit den zierlichsten Giebeln zur Straße geneigt vorübergingen dem Hafen entgegen und über geräucherte Fische sprachen, die wir zu kaufen gedachten, da geschah es, daß wir bald Krethi und Plethi im Schlepptau hatten, viel jüngere, junge, alte und ältere Männer, weißblaue Matrosen, und mehrfach gaben sie sich für den Zweiten Offizier eines Schiffes aus, und das war sicher gelogen, das gerade festgemacht hatte, denn so viele Schiffe lagen an diesem Tage gar nicht im Hafen, wie wir zweite Offiziere getroffen haben, und sie folgten uns ganz benommen wie Fliegen dem Honigtopf, nicht, daß sie viel sagten, sich etwa in ein günstiges Licht zu setzen versuchten, die pure Anziehung Verzauberung war es, die sie uns folgen hieß, und sie schauten erstaunt oder verwirrt oder mit dümmlich aufgerissenen Augen in die flimmernde Luft. Carola agierte zurückhaltend freundlich, und es hatte den Anschein, als wäre solches Aufsehen ihr lange bekannt und damit fertig zu werden eine fortwährende geduldige Übung.

In windstillen Sommernächten sitzen die Kiebitze auf schmaler Asphaltstraße, die Füße zu wärmen, und flattern geisterhaft weg, wenn ein Auto sich nähert. Immer im letzten Moment die steile Bewegung, dann fallen sie seitwärts nieder, als wehte ein Sturm. In kurzen Abständen immer wieder dasselbe Bild, die gleiche Bewegung eines Vogels zur gleichen Seite, ein Filmstreifen gegen das Licht gehalten, für den, der im Auto fährt.

Wie in jenem bezaubernden Sommer kann ich jederzeit mit Hülfe phantastischer Flügel in Carolas Küche mich schwingen und meinen bevorzugten Platz an der Stirne des weißgescheuerten Tisches einnehmen, die Füße auf seine Verstrebungen stelln, und immer wird draußen ein glühender Tag voller Heugeruch sein, und die Schwalben schießen unter dem vorspringenden Reetdach dahin. Ich bin mir sicher, daß in der Entfernung der Donner rollt, oder wir hören vom Haferschlag hinter dem Haus die volkeseigenen Mähdrescher schnurren, das Fenster zum Garten ist nach außen ja aufgeschlagen. Das Fenster zum Garten war immer nach außen aufgeschlagen, und es sprangen die Katzen herein. Und wenn sie dermaßen ungezügelt hereingesprungen sind, das Haus in kurzer Zeit bis zum Dachboden besetzten, weil Carola ihnen nichts abschlagen kann, so bedeutet es, daß Thomas in Griechenland ist, oder wenigstens in Leipzig, oder in Kreuzberg bei seinen fast erwachsenen Kindern aus erster Ehe, und daß es hier tagelang niemanden gibt außer Carola und mir und meinem Kind, wie in diesem überwirklichen Sommer vor Jahren. Die kupfernen Pflaumenmuskessel leuchten als Nebensonnen aus der Dämmerung vor, und auf dem Tisch liegen blaue Zigaretten, von denen mir Carola einen Vorrat hält in der abgeschiedenen Gegend, und ein Weinglas steht da, über dessen dicken weißen Rand, der wie in Puderzucker getaucht aussieht, reden wir dahin und lachen, und das Kind spielt mit uraltem Puppengeschirr, sucht einen Deckel für einen Topf wie ein Fingerhut groß, Kinkerlitzchen, die der abwesende Hausherr mit anderen wertvollen Dingen irgendwo auftrieb, als die Mecklenburger das Wort Antiquitäten noch nicht aussprechen konnten und mit Vorliebe am Nierentisch aßen. So lärmten die eingeschlossenen Wespen in den mundgeblasenen Insektenfallen vergangener reicher Bauernstuben, die wir hervorgeholt und vergleichsweise mit Bier und Zuckerwasser gefüllt aufgestellt hatten, und Carola knetete einen Teig, indes sie hin- und herging, den Klumpen an den Leib gedrückt trug. Als unser Kuchen mit Apfelscheiben bedeckt war und im Backofen stak, kam der Landbriefträger auf seinem Hochrad den Sandweg schlingernd heran und brachte uns herrliche ausländische Liebesbriefe und Wahnsinnszettel, wofür wir ihm einen reichlichen Aquavit kredenzten, den er unter den ausgebreiteten Ästen des Kastanienbaumes sich einverleibte, denn ins Haus zu treten erlaubte ihm sein Beamtenstand nicht. Er sagte uns die Neuigkeiten seit dem vergangenen Tag auf, balancierte darauf sein Rad weiter durch die Schluchten ausgefahrener Wege in die Richtung des alten Mühlbergs.

Ich habe weit über die Mitternacht bei geöffnetem Fenster in den Schriften des Schafhirten Hesiod lange gelesen und treffliche Sätze gefunden, einen vollständigen Bauernkalender: Doch wer nahe dir wohnt, den lade am meisten zum Mahle. Denn wenn unverhofft ein Unglück im Dorf dir begegnet, halbangezogen kommen die Nachbarn, während die Verwandten sich langwierige Stiefel schnüren. Kriechnebel am Morgen und Kuckucksuhren. Die Elstern gehen zu Fuß auf der Straße. Noch stecken die Schafe in ihrer Wolle, und niemand kann sagen, wann der Schafscherer kommt. Angstträume, daß er uns hier vergißt.

Die bunten Briefe machten uns glücklich. Carolas waren von Thomas, der sich zum ersten Mal in Griechenland aufhalten durfte, nachdem er es mit 9 Jahren, als seine Eltern in den Untergrund gingen, mit der Großmutter und anderen Kindern verließ. Meine Post kam auch aus einem südlichen Land, und es rieselten Lavendelblüten hervor, und ein Mistral sprang mir unter die Nase, mein Gott, was war das für ein besonderer Sommer, wir warfen uns ein immerwährendes Tonband mit Theodorakis-Endlosgesängen an und stellten eine enorme Lautstärke her, daß wir auch draußen im Garten was hörten, das quoll durch die Apfelbäume, und wir tüderten die Schafe schnell an und zogen den Kuchen rechtzeitig aus dem Ofen hervor, und das Kind klappte sich seinen Napoleumshut, den es damals fortwährend trug, und der aus meinem einzigen schwarzen Hute, den ich jemals besaß, geformt war, ernst auf den Kopf, und da lag der Kuchen auf einem handlichen Brett mit blauweißem Tuche bedeckt, und Carola trug ihn, nachdem das Haus verschlossen noch war, auf die schöne Hüfte gesetzt quer über das wellige Land. Erst das lange Stoppelfeld durch, und das Kind sagte immer, es müsse doch auch Eßschmetterlinge neben den hübschen glänzenden geben, und dann die Viehkoppeln überquerend, wach nach dem Bullen blickend, an der einsamen, heidnischen Eiche vorüber, das Moor umrundeten wir lieber und sahen bald darauf die wenigen Häuser liegen, die schon einem anderen Dorf zugeordnet wurden und unser Ziel abgaben. Eines davon, an einem geringen kreisrunden Teich gelegen, den sechs ehrwürdige Kopfweiden umstanden, bewohnte Christa im Sommer, und Gerhard, und ihre gemeinsamen Kinder und Kindeskinder, und während alles noch nobel ausgebaut wurde zu riesigen hölzernen Räumen unter dem Dach, einst Kassandra darinnen zu schreiben, kündigte sich schon in diesem Jahr das Verhängnis unerkannt durch ein Strohfeuer an. Vor diesem unvergeßlichen Haus konnten wir stundenlang, mitunter auch tagelang, auf den Stühlen verschiedener Epochen um einen freigiebigen Tisch großer Ausdehnung sitzen, auf welchem jetzt unser Apfelkuchen den Ehrenplatz einnahm, unter Freunden, deren Freunden, sehr vielen Kindern, die alle in der Halbwelt Berlin ansässig waren wie damals ich selbst mit meinem lieben Sohn. Wenn schließlich der Mond, das Uhu-Ei, deutlich am Himmel erschien, kam immer mehr Leben und Witz unter uns. Wir sprachen viel von den künftigen Zeiten, ihren schwerlichen Reisen oder den Vorteilen Preußischer Zensurgesetzgebung, weil sie, da festgeschrieben, zu umgehen doch waren, und danach sangen wir mehrfache zweistimmige Lieder, und Christa und Gerhard wußten stets alle Strophen. Es war möglich, daß wir uns an diesem Abend nicht trennen wollten, und die Anwesenden schließlich Carola, das Kind Moses und mich zurück, an dem Moore, dem wütigen Erde schmeißenden Stiere vorbei, in unseren Erbhof zu bringen einmütig vorgaben. Alles trippelte, sprang durch den Nebel, in welchem der Vollmond sich nun verbarg und wieder hindurchbrach, und Carola trug die ganze Zeit mein schlummrichtes Kind umarmt durch das tauige Gras, über die Gräben, während die Eulen wie geflügelte Katzen unterwegs waren, Kühe, als wären es alte Männer, schauerlich hüstelten oder wir nur ihre großen Köpfe losgelöst über uns schwebend erblickten.

In Carolas großartigem Haus, das ja nicht nur die wohlbekannte Küche besaß, sondern mehrfache Zimmer und Säle mit blanken Buchendielen und das dem reichen Ortsbauernführer vorab gehörte, war dann lange nicht Schluß, sondern es kamen die feinen Karaffen, die klingenden Abrißgläser aus allen Schränken hervor und zum Zuge, und manch schöne Wurst aus dem Rauch lag auf silbernem Teller, und schließlich wurde das Grammophon aufgezogen, und alle tanzten nach seinen schleppenden scheppernden Platten argentinische Tangos, jeder mit jedem und wie es gerade kam, besonders jedoch mit denen Kindern, die sämtlich wieder mobil und drehsüchtig waren. Die schönste, zerkratzteste Platte konnte gar nicht zur Ruhe gelangen, und alle Beteiligten kennen das Couplet bis an ihr Ende. Fragte einer, der zur Generation meiner Großväter gehören mochte, ob wir oder ich oder ein Kind den neuen Hut von Fräulein Molly erblickt hätten, und machte sich daran, ihn zu beschreiben. Solches war das Signal, nach allerhand Spitzen, Schleiern und Tafeltüchern zu greifen, sich damit zu dekorieren. Hinzu trat ein gut sortierter Fundus seidener Shawls, elegantester Zwirnhandschuhe, altfränkischer Strohhüte beiderlei Geschlechts, und eine Boa aus Straußenfedern rieselte erwartungsgemäß aus dem Dielenschrank, und Schildpatbrillen und ein Lorgnon fanden sich in elfenbeinernen Kästchen.

Hinter solch zügellosem Fest, das einen im Gehen und am eigenen Leib gekneteten Apfelkuchen zum Ausgangspunkt hatte, lagen stille Tage zu dritt im alten Haus, auf den Feldern und im verwunschenen Moorholz, wohin es uns regelmäßig trieb, weil dieser blubbernde Sumpfwald anscheinend von einer besonders zähen Anziehungskraft war. Es wuchsen dort mannigfache gleichgroße, gleichdicke Erlen, Kriechweiden, irrlichternde Birken in Wasserlöchern, die netzartig verbunden waren, und die ihrerseits sehr besonders von zahlreichen Schlingpflanzen umsponnen erschienen, die jene Bäume entweder verankerten oder zu einem späteren Zeitpunkt ihrer nicht nur gutartigen Existenz langsam zu Boden brachten. Um welche Art windender Gewächse es sich handelte, vermag ich heute nicht mehr zu sagen, weil wir damals nicht drangingen, die gespenstischen, schlangenartigen Wesen zu klassifizieren und damit zu bannen, sondern vielmehr sie und die betroffenen Bäume als völlig verkettet, verloren empfanden und von der Gegend nur als vom Schlangenwald sprachen. Es mag sich um eine Lonicera-Art gehandelt haben oder um den Großen Baumwürger gar, ich vermag es nicht genauer zu sagen, was mir nun als Mangel erscheint und mich vielleicht bewegt, nach einer Enzyklopädie der Sumpflianen Mecklenburgs Ausschau zu halten in den naturwissenschaftlichen Abteilungen der wenigen mir zugänglichen Buchhandlungen und Antiquariate. Was ich sofort bewerkstelligen kann, ist, mir den Sumpfwald wieder und wieder ins Gedächtnis zu holen, und ich sehe, daß eine Dämmerung herrschte, die in kleinen Lichtungen abnahm, wo gerade ein paar Birken niedergestürzt waren, Wollgras sich anschickte Fuß zu fassen, und allerlei schwebende Schmielen kamen hinzu, deren Rispen im falben gebrochenen Licht auffallend glänzten, während die Schäfte im Schatten lagen und die Pflanzen ein wurzelloses Dasein zu führen schienen. Das geisternde Licht, es wurde von den Schlinggewächsen, die ich mir namentlich doch nicht vorstellen kann, merkwürdig gebündelt und wieder zerstreut, und die Körper der Lianen traten wie gedrehte Taue unzerstörbarer grauweißer Farbe hervor in erdrückender Vielfalt. Wir gingen und sprangen über die Pfuhle, und Carola sträubten sich die Härchen auf den blanken Armen, und mein Kind hatte die Hand auf dem Knauf des roten russischen Plastikschwertes, ich hörte kein Vögelchen singen. Atemlos kamen wir nach Hause zurück, warfen die griechischen Tonbänder an, und Carola pflückte vorm Küchenfenster die größeren männlichen Blüten vom Kürbis Cucurbito pepo, die sie in einen zarten Eierkuchenteig eintauchte und goldbraun briet, und wir aßen die Blumen und waren sehr guter Dinge. Es schien der Wiesensommer mit seinen staubigen Wegen, den verdorrenden, immer weißer werdenden Gräsern an den Rändern unermüdbar zu sein, und mein unvergleichbares Leben in einem Wohnsilo der Hauptstadt, zu dem ich zurückkehren würde, lag in unglaubwürdiger Entfernung.

Der Winter verging, ich kippte das Fenster, zog gleichzeitig mit der freien Hand einen Kaktus von der sich neigenden Scheibe zurück, eine Knospe brach ab, eine Muschel fiel vom Fensterbrett, ich hob sie auf, veränderte die Anordnung der Muscheln, bis sie mir gefälliger schien, sah durch das gekippte Fenster kurze Zeit in den Nebel, die schwarzen Äste draußen verkreuzten sich, ich sah Pentagramme in den Baumkronen drin, ich holte die Blicke ins Zimmer zurück, ich ging rückwärts und trat auf die Kante des Teppichs, ich drehte mich um, ich stand vor der Lehne des Sessels, ich sah, daß der Stoff zerschlissen schon war, ich setzte mich in den Sessel, im Zimmer war es zu warm, ich stand auf, näherte mich langsam dem Ofen, ich sah das Feuer hinter dem Glase sich wölben, ich hörte Stimmen durchs geöffnete Fenster, die Kindern gehörten, ich drosselte den Ofen, ich drehte mich um, ich steuerte den Sessel erneut an, ich sah, daß die Katze indessen auf ihm sich niedergelassen hatte, anscheinend fest schlief, ich schob die nach oben gekehrten Handflächen behutsam unter die Katze, ich trug sie auf einem imaginären Teller zum Sofa, ich versuchte, die ausgebreitete Katze auf die Polster zu legen, ohne sie aufzubringen, ich zog die Hände vorsichtig unter dem Körper der Katze hervor, die Katze buckelte und stieß unwillige kurze Laute hervor, die Katze versetzte mir rasch einen Hieb mit der Pfote, ich schimpfte in mich hinein, ich drehte mich um, ging wieder zum Sessel, ich setzte mich auf den warmen Platz, als gerade die Uhr schlug, und hörte, daß die Katze sich putzte, zierliches rhythmisches Schmatzen in meinem Rücken.

Die Uhr schlug fünfmal in einer anderen Wohnung, zu verschiedener Zeit. In einem anderen Lande wohl auch. Als ich jünger und gutwillig war, mir das Kind erst zum Nabel reichte. Vor dem Fenster die eiligen Wolken, mein Garten, und tief unter mir der Eingang des Hauses mit einer gläsernen Schwingtür, die stets einen Haufen Menschen anstaute, die Schwierigkeiten brachte, hinein- oder gottlob herauszugelangen. Vor der ich aus meiner einsamen Höhe ein rohes Ei zerschellen ließ kurz nach meinem Einzug, als unten nur wenig Betrieb war. Als ich es getan hatte, aus dem siebzehnten Stock mit dem Fahrstuhl hinabfuhr, das Experiment zu betrachten, war es vergebliche Mühe, denn es gab nichts zu betrachten. Nie hätte ich die Existenz des Eies beweisen können, es hinterließ keine Spur und war doch in der melancholischen Kaufhalle erworben, fünfundzwanzig Meter vom Hause entfernt. Ich rief den Fahrstuhl mit den ungeraden Ziffern, worin die Hochhausbewohner der ungeraden Etagen, alles mittlere Kader, mit dem Rücken zur Wand mal nach oben, mal nach unten ratterten, die wechselnden Zahlen anstarrten und miteinander nicht sprachen. Trat in die Wohnwabe ein und ging in den sieben Wänden herum, als wäre das Ei mein Herz gewesen, das ich zum Fenster hinauswarf. Sah durch die wandgroßen Scheiben, die in bestürzenden Metallrahmen steckten, und hob, schon mechanisch, das Opernglas vor meine Augen, nach dem Kinde zu sehen, das als ein Fünkchen unten auf Betonplatten sprang zwischen zwei Vogelbeerbäumen, sie sanft überragte. Eine staatliche Kindergärtnerin führte die Aufsicht, damit ich in Ruhe mein Geld verdiente, indem ich fortschrittliche Verse in die Landessprache flott übersetzte.

Ich sah es im Glase: sie hatten dem Kind wieder die Schuhe nicht zugebunden. Es sprach mit den gefiederten Blättern näheren Baums gelber Farbe, der steckte wie wir im Beton, keine Frage. Ich verkehrte das Opernglas, den Wohnraum wachsen zu lassen. Las vom Zifferblatt mit den RÖMISCHEN Zahlen allerlei ab. Daß ich in einer halben Stunde das Kind holen würde, o wie fühlte in Rom ich mich froh, daß mein Vater wenigstens ein guter Uhrenbauer stets war, der junge knackige Hausmeister sicher der Sicherheit angehörte. Ach kein Schwein hielte es lange in solch einem Haus aus. Mit unbewaffnetem Auge, wie es in den alten, naturwissenschaftlichen Schriften stets hieß, blickte ich zu den anderen Hochhäusern hin. Sie glichen sich wie ein Nest-Ei dem anderen, und für einen Augenblick schien es mir, als würde ich in jedem von ihnen in der entsprechenden Etage, der gleichen Wohnung mich mehrfach befinden, was kein gutes Gefühl war, und aus dem Fenster auf das nächste blaugraue Hochhaus hinausstarren. Ich wollte mich aber nicht so fühlen, ich warf den Plattenspieler an und übersetzte zwei Verse dieser schönen besoffenen Russin, was mir acht Mark, eine Menge neuer Werf-Eier eintragen würde. In der besonderen und selbständigen Einheit Westberlin landeten einige Flieger. Ich hatte Einblick von hier und hörte wie immer Chopin.

Allmählich lernte ich, daß die Landschaft sich selbst ihre eigene Landschaft bereitete, und mir war, als hätte Carola immer zu meinem Leben gehört, ich in das ihre, und doch hatte ich sie vor etlichen Tagen hier zum ersten Male gesehen. Unsere Begegnung kam durch eine praktische Erleuchtung Christas zustande, wofür ich ihr Dankbarkeit schulde. Carola hätte den langen Sommer mutterseelenallein in dem weitläufigen Haus gesessen, das Kind und ich andererseits, wir konnten kein Landhaus uns leisten und wären in der Steinstadt hängengeblieben. Drei auf einen Streich, mag Christa gedacht haben und ihre philanthropische Seele durch unsere Zusammenfügung spürbar erleichtert haben. Ich nahm den Vorschlag an, ohne mich lange zu bedenken, teilte den Zeitpunkt unseres Eintreffens mit und daß wir den letzten Teil des Weges mit einer Droschke bewältigen wollten. Doch als wir den Zug verließen, stand Carola auf dem Perron und gab uns beim ersten Blick völlig ihr Herz. So trifft man seine einzige Schwester nach unsicheren Revolutionsjahren gottlob wieder an, so hat sie einem ihr weitestes Zimmer mit der schönen Aussicht, dem buntesten Teppich wohl eingerichtet, die liebsten Rosen im Garten geschnitten. So bereitet sie der vom Schicksal Gebeutelten einen irischen Kaffee und spart nicht am Whisky, den sie selber nicht trinkt. Und gern belud sie sich mit dem Kind, damit ich in Ruhe meine Mecklenburger Elegien verfaßte, aber hauptsächlich weil sie eine großartige Freude aus der Gemeinsamkeit mit solch einem Wesen gewann. Ein eigenes Kind, das ihr zu diesem Zeitpunkt versagt war, hätte Glückseligkeit bedeutet, wie ich mir schnell zusammenreimen konnte, denn als wir vertraut waren, mußte ich ihr wieder und immer wieder erzählen, wie ich es angestellt hatte, meins erst zu erlangen, dann vergnügt in die Welt zu setzen, und wie ich mit dem Bündelchen schließlich aus der Klinik durch den dreckigen Schnee zurück auf den Prenzlauer Berg ging. Es hatte Zeiten gegeben und gab sie nach unserem verrückten Sommer wohl immer wieder, wo sie vor lauter Ungenügen an sich selber, aber auch den angenommenen Ansprüchen ihres griechischen Mannes, ein eigenes Kind besitzen zu müssen, in tiefe Verzweiflung fiel. Er hatte aber niemals solche Forderungen gestellt, zumal er früh aus seiner Heimat geraten war und über lange Zeiträume häufiger in Partisanenverbänden und Parteigruppen als in einer Familie lebte. Außerdem besaß er, oder sollte das die Bewandtnis für Carolas Unruhe sein, Kinder aus einer früheren Ehe, fast erwachsene griechische Kinder, die er ab und zu suchen mußte, wenn seine geschiedene Frau plötzlich aus dem westlichen Land, in dem sie sich gerade noch aufgehalten hatte, verschwunden war, ohne einen Anhaltspunkt für ihn zu hinterlassen, was zu langwierigen Erkundigungen zwang und seinen Familiensinn nicht überschwenglich ausufern ließ. Durch ihn wird das Verlangen nach einem Kind nicht angefacht worden sein, es entstand aus ihr selbst, ich sah sie ja lachender Miene mit meinem Kinde umgehn, sie diente ihm fast. Auch stellten sich in gewissenhaft eingehaltenen Zeitabständen Mädchen und Knaben verschiedenen Alters aus den umliegenden Dörfern ein, die kleine Geschenke brachten oder erhielten und, wenn sie des begehrten Anblicks teilhaft geworden, beglückt entschwanden. Denn die Verzauberung, die Carola ausübte, erstreckte sich auf Menschen jeglichen Alters beider Geschlechter, und es mußte geradezu ihre Rettung sein, so in der Einöde zu sitzen, weil jede größere Menschenmenge, wie sie in einer Stadt zweifellos auf sie gekommen wäre, sie angefallen hätte wie eine Population kurzgehaltener Vampire. Oder es hätte sie etwas gezwungen, an zu vielen Schicksalen ihren Anteil zu haben, wodurch sich der eigene Lebensfaden vielleicht verkürzt oder verwirrt haben würde. Das Dorf, zu dem der entfernte ehemalige Bauernhof zählte, war nur von mittlerer Größe und hatte dennoch Platz für viel gequälte Naturen, und die jährlichen Unglücksfälle, die sich darin ereigneten, hätten einer ausgedehnteren Ansiedlung nicht zur Schande gereicht. Bei allem aber, was ich bisher mitgeteilt habe, könnte der voreilige Leser den Schluß ziehen, die Freundin wäre zu jener Zeit eher niedergeschlagener Gemütsart gewesen, womit er einem schrecklichen Irrtum aufsäße, der auf dem allgemeinen Unvermögen beruhte, einen Seraph zu schildern. Sie konnte weiß Gott rechtschaffen lachen, und zu dritt lachten wir Uhus unter dem Dach vor, und Carola setzte ihr nicht geringes pantomimisches Talent ein, wann immer es angebracht war oder wir es von ihr verlangten. Bei solchen Gelegenheiten fiel mir auf, daß sie eine gute Beobachterin war und über viel Menschenkenntnis verfügte, wenn sie auch für gewöhnlich kein eigenes Urteil über die Mitlebenden abgab und viel eher die gröbsten Unarten zu entschuldigen geneigt war. Lachen und Weinen und Freude, Schmerz, Trauer wohnten ihr alle in derselben Kammer, die schliefen wohl noch in dem gleichen Bette, so daß Carola ohne Schwierigkeiten von einem zum anderen kam, eine gehäutete Natter, indes das Stachelschwein aus dem nächsten Baumwipfel klettert.

Oft, wenn ich Christa in den folgenden Jahren getroffen habe, sind wir auf den hübschen Sommer zu sprechen gekommen und haben uns seiner Feste erinnert. Ich sagte jedesmal, daß sie alles darüber eines Tages aufschreiben müsse, denn daß ich es tat, lag außerhalb meiner Zuständigkeit, als ich der Theorie der Arbeitsteilung noch anhing und Christa für solche Geschichten verantwortlich schien. Jetzt, wo ich selbst auf diese Dinge mich eingelassen habe, ist mir bewußt, weshalb Christa, falls sie die Mecklenburgstory zwischen zwei Heftdeckeln schon hat, diesen Text lange zurückhalten wird, niemanden zu verletzen, vielleicht bis die handelnden Personen nicht mehr zu diskriminieren sind, was die Impertinenz ihrerseits einschließt, uns überleben zu wollen. Denn mit Mystifizierungen falscher Namen ist nichts gewonnen, wir müssen für uns selbst gerade stehen, aus Christa kann ebensowenig Kitty werden wie aus Carola eine Cordula oder aus mir Bernhardine. Wenn es sich aber so verhält, daß Christa dasselbe Prosastück, wie ich es hier habe, aufbewahrt, so muß man sich fragen, ob ihre Zurückhaltung schätzenswert ist oder meine dreiste Courage. Ich wollte erzählen. Ich will es tun. Von außen stört mich nichts in meinen Erinnerungen. Ich sehe bis ins Magma der Erde, wo die Salamander sich häuten. Ich weiß es noch nicht zu sagen, ob ich den Kuchen hier abbacken lasse, aber wie man einen Text von drei Seiten zu einem Elefanten aufblasen kann, habe ich hierbei erfahren, und alles andere wird mir im entscheidenden Augenblick einfallen, zumal meine beste Methode bei einer Arbeit sowieso die ist, mir zu sagen, daß es gar nichts bedeutet, etwas zu schreiben, weil man es jederzeit wegschmeißen kann.

Was war das fürn phantastischer Sommer, der glühend und schwer über Mecklenburg lag und in dem kein einziger Tropfen irgendeines Regens vorkam, weil die sich bäumenden Gewitter stets noch zusammenbrachen. Ich schrieb nun die Gedichte eines Land-Ei's, und es kam mein Bauer mit dem schleifenden Bein, denn er war unser Nachbar, wahrhaftig über das Feld und zog seinen Hut und sprach über das Kalb mit zwei Köpfen, es war so heiß, daß die unwahrscheinlichsten Dinge geschahen. Ich verfaßte auch Antworten auf die südlichen Briefe, die ich bekam, an den nettesten Scharlatan, den man sich vorstellen kann, und Carola gab sich mit meinem Kind ab, und sie hatten eine eigene Sprache voller Anspielungen, Ausrufen aus einem etwas dümmlichen Comic, sie konnten einfach alles gebrauchen, und es war wunderbar, wenn Carola wie Daisy sprach und immer märchenhaft! märchenhaft! sagte, weil Donald ihr einen Pelzmantel schenkte. Ich hörte alles aus der Entfernung an, und es bewirkte, daß ich wie in einem ausländischen Café konzentriert arbeiten oder die Briefe beantworten konnte, und kaum hatte ich einen abgeschickt, so traf die Antwort auf den vorigen ein. An einem der hitzebrütigen Tage sahen wir etwas aus der Tiefe der Erde auftauchen und schickten das Kind schnell zu dem alten Forsthaus, in welchem der Bauer aus dem Gedicht, der eigentlich kein richtiger Bauer mehr war, mit seiner Frau auf einem Hof voller Hühner wohnte, und trugen ihm auf, einige Eier zu holen. In unserem Garten, nicht weit entfernt von der Pumpe und dem ausgebreiteten Kürbis daneben, grub sich mühselig und am hellichten Tag ein Maulwurf aus der Erde hervor, was eine lange Zeit in Anspruch nahm, aber wir sahen gleich, daß es mit rechten Dingen nicht dabei zuging, daß sein schwarzes Pelzchen durchlöchert war, und als wir genauer hinzusehen uns zwangen, schockierte uns die Natur, denn das Tier wimmelte von fetten Maden, die weiß mit ihren Körperenden uns winkten. Die Folter bei lebendigem Leib drehte Carola das Herz noch heftiger um, als mir es geschah, so daß ich sie dem Kind hinterherschickte und mit einem Spaten den Maulwurf erschlug, in einiger Entfernung vom Haus samt seinen Bestattern verscharrte. Das Kind brachte die Eier, Carola einen Korb Himbeeren mit, doch wir verschoben das Essen bis zum Abend.

Es regnet, und siebenuhrzwanzig treibt unser übernächster Nachbar seine Kühe per Fahrrad den Grünen Weg entlang, von seinem Hunde umsprungen. Diese Kühe gelangen jeden Abend in ihren Stall, um gemolken zu werden, und morgens werden sie wieder gemolken und spazieren danach mir durch den Blick, wenn ich schon auf dem Plan bin, was stets noch der Fall ist, es sei denn ein Schaf würde lammen, womit Ende September kaum zu rechnen ist, und die Kühe schreiten gemächlich mir am Papierrand entlang, sie wandern jeden Tag ihre drei Kilometer aus dem Stall in die Wiesen und ihre drei Kilometer aus den Wiesen in den Stall, und es sind die einzigen Kühe im weiten Umkreis, mit denen der Eigentümer so eigentümlich verfährt, die anderen Nachbarn und Bauern melken ihr Vieh bis tief in den Herbst auf der Weide, aber die hier laufen und laufen, und so kenne ich ihre Zahl und auch das Leittier, der Bauer wird seine Gründe haben, so zu verfahren, oder die Bäuerin oder beide, und es ist ihre Herde, von der einige Tiere in der letzten Woche, die sie draußen erscheinen, es mit einem Regencape angetan tun von grünlicher Farbe gegen die Nierenkolliken, wozu ich mir jedesmal einen mit Klatschmohn und Kornblumen geschmückten breitrandigen Strohhut, einen sog. Florentiner ausdenke, der kunstvolle Durchbrüche für die stabilen, leicht nach außen gedrehten Hörner aufweisen muß und dem letztere einen todsicheren Halt geben, wenn die Herbstorkane zu wehen beginnen. So ziehn sie vorbei mit kurzen klirrenden Ketten, würdig und nicht ohne Anmut, und die dritte von vorn ist stolz auf die seitliche Narbe vom Kaiserschnitt, und unser Horizont geht bei Regenwetter wie diesem bis in die Unendlichkeit rein und ist vom milden Herbstlicht umflossen. Das Tellerland besitzt wieder einen sehr hellen Rand unter violettschwarzen Wolken, noch weiter darunter das sich verabschiedende Grün. Die Bäume, gelichtet durch die heftigsten vorausgegangenen Stürme, stützen noch das dunkle Gewölb. Das sich eilig verändern kann. Als ich aufsah, ist es grünmarmoriert mit milchgrauen Streifen, und ein sanftes Morgenrot breitet über dem Flusse sich aus. Auf meinem Teppich zu meinen Füßen, damit ich über sie eher stolpere, als daß ich sie vergesse, liegen fünffingrige gänzlich saubere Wurzelstöcke von Taglilien mit ihren Namensschildern aus Holz, die mir gestern zugeschickt wurden und denen ich heute noch ihre Kammer einrichten muß mit einer Kiesschicht zuunterst, daß die Schwestern nicht faul werden, wenn das Wetter bleibt, wie es ist.

Der Maulwurf war ein schlechtes Omen, am Nachmittag sahen wir vor Christas Gartentor das Stoppelfeld brennen. Gleich wehte ein kräftiger Wind, und das Feuerrad lief auf das Haus zu. Zu dieser Zeit lag der Garten voller Bretterstapel, Balken und Hobelspäne, weil der Dachboden zu einem Atelier ausgebaut wurde, in welchem Christa Kassandra dann schrieb. Das gesamte Haus mit seinen hübschen Möbelchen, den kleinen Bildern, die Johannes in verschnörkelte Rahmen gemalt hatte, das schönste mit einer Montgolfiere über Mecklenburgs Wiesen und einer weißen Ziege, die sich erstaunt auf die Hinterfüße erhob, lange dem Ballon hinterhersah, und natürlich den Manuskripten, befand sich längere Zeit in großer Gefahr, und wir versuchten, indem wir schwitzten, eilig Gräben zu ziehen, dem heranknisternden Feuer eine Abfuhr erteilen, und wären nicht rechtzeitig fertig geworden ohne die Hilfe zweier Traktoren örtlicher Kolchose, die einen magischen Kreis um das Haus legten, was die Flammen diesmal zur Kapitulation zwang. Das Feuer aber mochte eine Warnung sein oder sollte Christa trainieren, das Haus eines Tages brennen zu sehen, ich war jedenfalls ein paar Jahre danach, als ich mich im zweiten Teil des Landes schon aufhielt und die Hiobsbotschaft über den Brand, dem Christas Haus zum Opfer gefallen war, aus dem Feuilleton einer angesehenen Zeitung erfuhr, nicht überrascht, höchstens darüber, daß sie in einem kochenden Sommer einen Fidibus in den neuen Ofen unter dem Reetdach gehalten hatten, seinen guten Zug zu demonstrieren. Mir fielen die kleinen Bilder ein, die

Johannes gemalt hatte, und besonders das mit der unwiederbringlichen Montgolfiere, der verwunderten weißen Ziege, aber auch andere, die er in den folgenden Jahren hergestellt haben mochte und die ich nicht mehr gesehen hatte, weil Ereignisse eintraten, welche aus der Entfernung von heute im absurden Lichte erscheinen, seinerzeit aber eine Kraft innewohnen hatten, daß sie den einen oder die anderen wie eine Montgolfiere westwärts bliesen. Solches konnten wir natürlich an diesem Tag nicht erahnen, als wir mit den Traktoristen, nachdem sie schöne Furchen hingelegt hatten, unterm Birnbaum einen Doppelkorn tranken, und ich darnach mit Carola, die das Feuer aufs höchste erschreckt hatte, und meinem Kind zurück durch die Kuhwiesen ging.

An einem anderen Morgen fuhren wir mit den Rädern ein paar Kilometer in das Dorf, dem Carolas Haus weitläufig angehörte, und das Kind saß bei ihr auf dem Gepäckträger und einem hellblauen Kissen wegen der ausgefahrenen Straße, eingestreuter Steine, die Füße mit den verwitternden Sandalen hielt es als vorsichtiges Kind weit abgespreizt, die Arme um Carola geschlungen und schnatterte mit scheppernder Stimme. Das Dorf war ein verschlafenes langgezogenes Straßendorf, die Kolchose darin das obligate Gutshaus mit dem notorisch verwilderten Park, dem verwaschenen Transparent: Vorwärts! (zu irgendwelchen abstrakten Höhen) über den Säulen am Eingang, was wir natürlich gar nicht mehr registrierten, da wir abgebrühte Landeskinder längst waren und dergleichen einfach zum Wesen eines öffentlichen Hauses gehörte, und wir kauften im benachbarten Konsum ein, was wir brauchten, und alle Leute, die wir trafen, schienen mächtig erfreut, Carola zu sehen und erzählten die letzten Ereignisse aus ihrem Leben und wollten wissen, wie es Thomas in Griechenland ginge. Mit ein paar Milchtüten und Haferflocken und einer gediegenen Leberwurst in einem besonderen Korb betraten wir das verwahrloste Haus neben dem verwahrlosten Feuerlöschteich, Carolas Katzenfreundin besuchen. Es war ein altes Weib, das ohne Angehörige auskam und von den Dorfbewohnern gemieden wurde, noch jede überzählige Katze aus der Umgebung aufnahm und alle sattzukriegen versuchte. Im Augenblick gebot sie über annähernd sechzig Katzen, und wir konnten die Tiere natürlich im ganzen Hause erblicken, sie sprangen aus allen Winkeln hervor, als Carola die Lebensmittel im Korbe allen spendierte. Stillschweigend hatten sich einige Hunde unter die Katzen gemengt, aber die Alte ließ sie gewähren, sie erzählte und weinte dabei, daß ein Nachbar vor drei Tagen ihren besten Kater vor aller lachenden Augen im Teich hier ersäufte, was lange Zeit in Anspruch nahm, während der es für sie keine Möglichkeit gab, dem Tier zu Hilfe zu kommen. Carola sagte, daß es ihr sehr leid täte, und wir schritten mit der zerlumpten Alten das ganze Straßendorf ab, und Carola hatte sie untergehakt, und alles mochte wieder eine Weile bewirken, daß die ordentlichen Bewohner ihr zuliebe die Alte und die Katzen in Ruhe ließen.

Auf dem Rückweg passierten wir große Felder mit kleinen Köpfen verschiedenen Kohls, die der Genossenschaft angehörten, und kleine Schläge mit großen privaten Kohlhäuptern drauf. Ungeachtet der verschiedenen Eigentumsformen waren jedoch alle bedenklich von Raupen befallen, und Schmetterlingswolken standen darüber. Das war eine Heimsuchung sondergleichen und kein gewöhnlicher Anblick, die Falter stiegen auf und ließen sich nieder, aber die Raupen wogten solchermaßen eng auf dem Kohl und fraßen und fraßen, erzeugten krachende Geräusche dabei, und ein ermüdendes Rieseln von den Schmetterlingseiern, den Kotkügelchen setzte ein, daß es einen zu gruseln begann, und wäre man gläubig gewesen, so hätte alles zusammen einen großartigen Beweis für den Antichrist abgegeben. Mitten in solchen Parzellen und weiten trostlosen Feldern zeigte Carola uns aber ein friedliches Landstück, auf dem gleichfalls Kohl angebaut war, und so sehr wir auch schauten, nirgends eine Raupe, kein Schmetterlingsei, kein Faltergeflatter darüber. Carola sagte, hier hätte die Frau, welche hinter dem Blauen See in einer alten Moorkate lebte, vor ein paar Tagen die Raupen gebannt. Und im Herbst gleich nach dem ersten Neumond würde sie sich aus der Herdasche besprechen lassen, worauf sie mit niemandem drei Tage lang reden dürfe, und danach könnte es durchaus geschehen, ja es wäre so gut wie sicher, und daß die Alte ihr Handwerk verstünde, sähe man an dem Kohlfeld, daß sie im Winter dann schwanger würde. Ich sagte, daß ich mir das gut vorstellen könne, immer vorausgesetzt, daß Thomas rechtzeitig genug aus seiner Heimat zurückgekehrt wäre. Wir holperten auf unseren Fahrrädern weiter, und das Kind hinter Carola blickte oftmals auf die hellgrünen roten und dunkelgrünen Karos zurück, wie ich sah, als ich mich umdrehte, zu sehen, was es sah, und da schwebten immer noch Wolken von Schmetterlingen, ein ebenso hinfälliger als auch zäher Anblick, welcher an Urzeugung uns denken ließ. Und natürlich ist Carola zu ihrem Kind gekommen, wie schaumt die schwarze See und sprützt ihr grünes Salz! Seit Jahren hat sie ihren hellhaarigen Petros, ein adoptiertes glückseliges Mecklenburger Kind, das fließend Griechisch redet, den Sommer im Süden den Winter im Norden verbringt wie selten ein Kind im Kleinen Land, denn Thomas hat unterdessen im Dorf seiner Väter, wie es sich für einen Griechen ziemt, ein Haus eigenhändig errichtet, und es kann geschehen, daß Carola nach Jahr und Tag aus diesem Haus einen Brief schreibt und mir von ihrem Leben erzählt, aufgerissener Augen, als säße ich noch in ihrer Küche an der Stirne des alten die Lippen lösenden Tischs und die gefangenen Wespen schnurrten in den mundgeblasenen Gläsern. In dem Brief stünde die Geschichte einer Fehde zerstrittener Familien, bei der es auf Leben und Tod geht, und am Ende wird ein Kindersarg durch das Dorf getragen, und Petros verbirgt sich unter der hölzernen Veranda und singt: Ein schwarzer Himmel ist mein Herz. Aber noch ist an Petros nicht zu denken und Carola geht mit meinem Sohn ihre Schafe tränken, und Luschka die Katze begleitet sie unter altklugen Reden, während Tilly der Kater, der hier anscheinend die Stelle des Hofhundes einnimmt, am Tore zurückbleibt und das ganze Haus im Auge behält.

Wir haben die Lämmer, damit sie nicht in früher Jugend oder vom eigenen Vater besprungen werden, von den älteren Tieren getrennt auf einen abgesonderten Teil der Weide getrieben, was eine Anstrengung war, die schöne Bella das Einzelkind gelangte dreimal über den Zaun zu ihrer Frau Mutter. Einen Tag, eine Nacht, noch einen halben Tag gab es Geschrei von den Lämmern, die mit dem Esel in der Nähe des Hauses blieben, während die Mütter kaum Sehnsucht empfanden, sondern es im Gegenteil zufrieden waren, von den Quälgeistern, die immer noch das Euter begehrten, frei sein – sie stellten sich taub auf dem einen Ohr, das andere hielten sie in den Wind und machten sich mit dem russischen Bock auf und davon um die Biegung des Deichs unter die Mirabellenbäume zu den eiligen Wolken.

Das Geräusch der trockenen abgefallenen Lindenblätter auf der geteerten Straße im sehr leichten Wind ist eines wie von großen Schritten fremder für mich nicht sichtbarer Wesen, die hier vorüber müssen mit pendelnden Armen und mir einen Backenstreich noch versetzen, wenn ich auf der Steintreppe stehe, den Kopf randvoller Bilder und nach niemandem Ausschau halte.

An den stillen Tagen, bevor uns die Menschen wieder wild überfielen, schrieben wir an unseren Papieren, oder Carola nähte mir eine mausgraue Hose mit einem purpurnen Reißverschluß, weil kein anderer vorrätig war, oder wir saßen unter dem Birnbaum und sahen zu, wie die Schwalben ihre Jungen trainierten und schilderten uns gegenseitig alle möglichen einprägsamen Personen, denen wir im Laufe unseres Lebens begegnet waren, und an einem dieser Tage zeigte sie mir das Fragment einer Erzählung, an dem sie noch arbeiten wollte, und das von einer Kindheit in einer großbürgerlichen sächsischen Familie handelte, wie die starken Naturen das Mädchen, das sich auf der Treppe des Hauses eingerichtet hatte, im Lauf weniger Jahre so verrückt redeten, daß es für ein abgelegenes Heim taugte, und was sie wohl als Sühne für den Fehltritt der Mutter gleich während der ersten Nachkriegsmesse anzusehen geneigt waren. Aus der Drachenhöhle hatte sie Thomas befreit, und aus Dankbarkeit lernte sie in ein paar Wochen von ihm und der griechischen Großmutter, die das Familienoberhaupt in dieser Zeit war, ihre Sprache völlig beherrschen, gebrauchte sie mit jenem besonderen Akzent, den türkischen Einsprengseln, die für das Bergdorf, aus dem ihre neue Familie stammte, eigentümlich und kennzeichnend waren. In der mecklenburgischen Einsamkeit fiel es ihr leicht, das Leben zu meistern, wenn es mir mitunter auch schien, als würde sie in ihren täglichen grauen Kleidern, den groben Stiefeln oder barfuß neben dem Herd ein stilisiertes verwunschenes Dasein führen, um ihre anmutige doch wilde verwegene Seele zu schützen. Und auf dem obersten Boden direkt unter dem Reetdach, wo die Ulenflucht sich befand, aus der die Eulen höchst natürlich abendlich stoben, standen unter gleißenden Spinnwebzelten, die seit hundert Jahren vervollkommnet wurden, alte bemalte Kleiderschränke, in die man ohne sich zu bücken eintreten konnte und worin sich kostbare Gewänder verschiedenster Zeiten befanden, in die wir, wenn es gar nichts zu tun gab, zur Mitternacht fuhren, Samt und Seide kardinalsrote Spitzen und kostbare Sonnenschirme für über den Kopf, echte altfränkische Hüte, wie aus den Modekupfern getreten oder Paradiesvögeln ähnlich standen wir lachend und hielten uns an den Händen vor einem Spiegel, der älter als wir war und uns den zaubrichsten Teint präsentierte, den in der Wirklichkeit von uns beiden nur die eine besaß. Wir malten uns königliche Lidschatten in abenteuerlichen Farben um die übermütigen Augen und tuschten die Wimpern verführerisch lang – eine Kunst, die Carola vollständig beherrschte und sie in geringerem Maße täglich bei sich selber zur Anwendung brachte, mochte sie auch noch so allein sein, sie verwendete lange Zeit für solche Verrichtung, was ich am Anfang unserer Bekanntschaft der sowieso vorhandenen großartigen Schönheit wegen als überflüssige Mühe ansah, später jedoch als rituelle Handlung begriff, das Menschenmögliche tun, die unwillkürliche Seele friedlich und bei Laune zu halten. Unser Geist gleitet so leicht aus seiner Bahn, und es konnte ihr durch einen geringfügigen Anlaß geschehen, der jemand anderem nur ein Achselzucken abverlangt hätte, daß die eingesperrte im schönen Gefängnis verpuppte Psyche den Körper zittern und krachen machte, wogegen die Menschin sich dauernd zusammennehmen mußte, wie es auch meistens gelang. Einige Räuberpistölchen, die ich später geschrieben habe, waren auf Begebenheiten zurückzuführen, wie sie mir Carola geschildert hatte, daß ich sie jahrelang nicht verwenden wollte, weil ich glaubte, sie würde sie selbst noch gebrauchen, wobei mich die halbe Erzählung, die ich ja kannte, vielmals bestärkte. Wer, wenn nicht sie, die alles so direkt und außerordentlich physisch erlebte, sollte denn überhaupt etwas schreiben, dachte ich damals und lernte viel später, daß ein Phänomen unabhängig vom anderen existiert und es mir deshalb auch nicht verwehrt war, mich Carolas wie eines Spiegels zu bedienen, wenn ich ein Blitzlein fing, es auch behalten durfte.

Wenigstens einmal im Jahr stelle ich mir vor, daß ich vom Mühlenberg komme, wo inzwischen Helga mit Jenny und Robert, ihren halbwüchsigen Kindern, Quartier genommen hatte, und nun auf dem Sandweg mit den wehenden Grasfahnen gehe, während mir Carolas Haus allmählich ins Blickfeld gerät. Von einer bestimmten Stelle des Weges erweckte es immer den Anschein, und eine geringe Bodenwelle wird es ermöglicht haben, als stünde das alte Haus ein paar Fuß hoch im Himmel. Wenn man weiterging, kurz vor dem Zaun sich befand, sank es ins gebleichte Gras zurück auf den Boden. Unterm Birnbaum lagen die Schafe von großer Hitze hingemäht da, was für einen, der sich mit solchen Tieren nicht auskennt, zu einer Irritation führen kann, da sie wie tote Schafe dann liegen, bis man sie eilig bei ihren griechischen Schafsnamen aufruft. Und noch etwas gab es, das mir von diesem Standpunkt besonders gefiel, die so merkwürdig verlorenen und gänzlich verwitterten Korbstühle von der Jahrhundertwende, nach den losen Gesetzen des Zufalls in sonderbarer Gruppierung. Konnte sein, daß man die Korbstühle aber durch eine Horde zwitschernder Menschen besetzt fand, die man nehmen mußte, wie sie gekommen waren und die eigenen Pläne verwerfen. Sich auf eine lange Nacht einstellen, in der die schönen Gläser, die geschliffenen Karaffen, die dauerhaften Würste auf silbernen Tellern hin auf den Tisch gelangen, das Grammophon sein röchelndes ausschweifendes Leben begann. Johannes, der Maler der Miniaturen, er hielt die Blockflöte quer und saß auf verwittertem Steine neben dem Brunnenschacht, in welchem die elektrische Pumpe in lockeren Zeitabständen ansprang, ihre kratzigen schmissigen Geräusche in einem optimistischen, gleichbleibenden Rhythmus ausführte, den er so geschickt zu benutzen verstand, daß der Preußische Präsentiermarsch darin gänzlich eingebettet erschien. Die Pumpe behielt den letzten Ton und beendete die schöne Wassermusik mit einem Paukenschlag, bis sie später wieder begann. Seine Frau aber, deren liebenswürdigste Eigenschaften zu diesem Zeitpunkt vom Ehrgeiz gerade zugedeckt wurden, nutzte die Pausen und war ganz unermüdlich im Anekdotenerzählen, wobei ihrem Mund viel prominente Namen entströmten. Sie pflückte seit knapper Zeit die ersten Lorbeeren einer frischgebackenen Schriftstellerin, was sie bewogen hatte, direkt neben Christas Landhaus eine Hütte zu erwerben, weswegen ich Christa bedauerte, wofür diese Helga aber später auf Heller und Pfennig bezahlt hat, als ihr Besitztum mit dem von Christa einträchtig in Flammen aufging. Die andere sanftere Helga befand sich auch unter dem Birnbaum, und ihr haben wir es zu verdanken, daß von jenem unwiederbringlichen Sommer etliche Lichtbilder noch eine Weile existieren mit uns im flimmernden Schattenwerk. Christa flocht Robert ein Zöpfchen, während Gerhard eine französische Fischsuppe oder eine Pizza vielleicht mitgebracht hatte, die nur noch gewärmt werden mußte, denn wir waren ja zu der Zeit in der Welt schon herumgekommen, was allerdings auch der Anfang vom Niedergang der patriotischen Literatur war, und konnten deutlich unterscheiden, welches eine Pizza und was eine französische Fischsuppe war. Die Wolfschen Kinder und Kindeskinder in ihrer damaligen Verflechtung, den zugehörigen Freunden und Schwiegersöhnen, belagerten Schwellen und Fenstersimse, und außerdem waren Maxie und Jossel gekommen auf der Durchfahrt nach Potsdam. Carola holte den Schlüssel unter dem einen Stein, ich unsere südliche Post unter dem anderen vor, und wir drangen alle ins Haus ein, während die Sonne in brutalen Farben versank. Fast jeder versuchte sich nützlich zu machen, damit das Fest schnell seinen Anfang nahm. Maxie, die mit Jossel gerade aus einem nichtsozialistischen Land kam, wo sie in einer Kommune gelebt hatten, wovon sie leichthin sprachen, uns aber ein Schauer überlief, weil in unserem Land bei diesem Wort jeder dachte, daß er etwas Verbotenes dachte oder daß es in einer Kommune alle durcheinander trieben, sie stak noch dermaßen im erinnerten Gemeinschaftsleben, daß sie sofort anfing, unser Geschirr abzuwaschen, das in einer gar nicht geringen Menge in der Küche vorrätig war. Manche Kinder warfen das Tonband mit den griechischen Gesängen an und waren sich uneins, an welcher Stelle der Spule sich Paloma Blanca befände, und Jenny, die später auf eine Kunstschule ging, begann den Deckel von der Toilette mit einem Gemälde und einer Widmung für den abwesenden Thomas zu versehen, was uns tagelang in Schwierigkeiten brachte, bevor die Farben getrocknet waren. So hatte beinahe jeder eine Beschäftigung, und die fanden, es würde auch ohne sie alles zu einem gewissen Abschluß gelangen, und bis das Fest dann begänne, wären sie längst wieder zurück, diese Menschen gingen über die Wiesen bis in den Anfang des Waldes. Es war nicht der Schlangenwald, der hätte entfernter gelegen, vielmehr ein lieblicher heiterer Wald aus lokker stehenden Buchen, blühendem Perlgras am Boden, vielen Lichtungen, in die nun ein dünner Mond schien. Es war ein sehr milder Abend, und der Kater Tilly begleitete uns in seiner Eigenschaft als stellvertretender Hofhund, setzte sich auch in den Kreis, als wir unter der stärksten Buche, die schon den Dreißigjährigen Krieg erlebt haben sollte, uns niederließen. Der Mond war alsbald im Gewölk verschwunden, und nun wisperten wir und stellten wohl fest, daß wir Mädchen und Frauen und Damen uns ganz in der Überzahl zu Jossel befanden, und gaben etwas wie sanfte schnurrende übermütige Katzen ab und streichelten Maxies Jossel nach Strich und Faden, gingen ihm recht um den grauen Prophetenbart. Es herrschte da eine Finsternis unter dem breiten Baum, daß es unmöglich schien, die Hand vor Augen zu sehen, aber Jossel trug eine wahnwitzige Armbanduhr aus dem kapitalistischen Westen, und die leuchtete mit ihren Ziffern für die Uhrzeiten aller ausgefallenen geographischen Breiten, und ihr Phosphorschein zog Kreise hierhin und dorthin, am meisten jedoch an diesem Abend zu Tinka, und das konnten wir gut verstehen. Schließlich ermahnte uns der besorgte Kater, wieder zurück zum Hause zu gehen, wo längst alles abgewaschen nun war und die Fischsuppe oder die Pizza heiß auf dem Tisch stand und die Zweige der alten Kastanienbäume vor den Fenstern sanft an die Scheiben klopften, da draußen die Sternschnuppen fielen, und zwar in solch einer Anzahl, daß noch der Lahmarschigste seine drei Wünsche anbringen konnte. Die Türen hatten sich aufgetan für unser Gelächter, und mit bloßen Füßen und bloßen Herzen befanden wir uns in dieser Sommernacht unter dem freundlichen Dach und glaubten, alles im Sommer darauf wiederholen zu können. Aber da vollzog sich das Leben nach anderen Gesetzen, und in dem Zimmer unter dem Dach wohnte die griechische Großmutter. Wir befanden uns auch diesmal glücklich in Mecklenburg, doch war es uns verwehrt, wie die Mäuse auf den Tischen zu tanzen. Christa sah mich an mit dem Blick Weißtdunoch, und wir lachten, und mein Kind trug seinen Napoleumshut weiter hingebungsvoll, doch schon als Schulkind, und die Vergänglichkeit wehte aus jeder Richtung uns an, und Maxie konnte für uns nicht mehr das Geschirr abwaschen und war mit letzten Dingen befaßt.

Der Himmel ist von feuchter Wollgrasfarbe in diesem verspäteten Frühjahr erstmals eine Folge wärmerer Tage die die Lebendigen sichtbar erfreut. Kein Hauch liegt jetzt in den Lüften, eine milde Verwunderung breitet sich aus über dem grünenden Land, während der Kuckuck anhaltend ruft. Die Kühe sind ausgetrieben, gelangen aber am Abend stets in die Ställe zurück sich an das Gras zu gewöhnen. In den Gräben breitet der Gundermann seine Blüten gleich aus über rotgefrorenen Blättern.

Wenn die Luft im Juni ganz klar ist, die schmale Mondsichel drin ruht, wird es nicht Nacht und das seltsame Licht verlockt zu Spaziergängen, die weiter und weiter nach Norden führen, es berauscht den Gehenden und Nachtgefiedertes flattert über die Schultern, die aussterbenden Brachvögel glucksen bis in den Morgen. Flötentriller Fagottmelodien, für den der sie hört eine Verzauberung, eine Schrift die sich gerade entschlüsselt, ein Code der etwas vom gläsernen Bau des Schilfes verrät, in dieser Zeit werden die Futtermieten geladen getürmt und festgefahren und zugedeckt der Frühling liegt auf der Bahre unter dem hellgrünen Laken mit Vergißmeinnicht Hahnenfußkugeln Kuckuckslichtnelken den dunkelroten Rispen des Sauerampfers. Die weißen Nächte, in denen man unter blühenden Linden sitzend die großgedruckten altmodischen Bücher gut lesen kann, führen ohne deutlichen Unterschied gleich in den Tag, und während man sich langsam von Sonnenuntergang zu Sonnenaufgang umwendet kann es geschehen, daß ein zerbrochnes Lachen erklingt, ein Schnauben vom Anfang der Zeit oder das Fluchen eines Moorkolonisten eingeschworen auf den dänischen König Anno 1762 im Juni. Nun stand der Schneider aus Durlach bei Frankfurt auf seiner vermessenen Stelle von sechshundert Quadratruten ganz ohne Haus da, weil eine Ziegelei erst errichtet wurde, grub sich ein Erdloch und es half ihm sein Tagegeld nichts, da weder eine Krügerei noch ein Höckerweib weit und breit zu finden waren sich zu providieren. Die eingesessenen Bauern aus einer Ortschaft Hohn geheißen, sie sagten, nie würde es Äcker und Viehweiden anstelle des Moores geben, und um sich der Fremdlinge ganz zu entledigen, mit denen sie nun die erhöhten Holme voller Eichen- und Buchenwälder teilen sollten und oftmals die letzte Zuflucht in Sturmesnot bei den brechenden Deichen die Viehherden in Sicherheit bringen, sie weisen den Schneider den fremden Weber jeden schlotternden Utlandigen in die schwimmigen Moore oder auch eine Wüstenei für die Wölfe, in diesen weißen Nächten heulen sie alle und alle Dämonen, und von der umgebenden Nässe, dem schlechten ungegorenen Bier welches die gewinnsüchtigen Pächter brauen, grassiert fürder die Rotheruhr und mancher Kolone liegt an dem Blutgange nieder und es gibt weder Pfarrer noch Kirchhof: Wohin denn die Toten wenn die Lebenden desertieren, nach dem ersten dem furchtbaren Winter den Wölfen den Schlangen blutäugigen Trollen.

Schlachtfelder Massaker Ölteppiche, die schauerliche Heimat die Erde. Ein Ball des falschen Glücks, ein Irrlicht dieser Zeit. Die Wolkenwand, die am Rande der Ebene steht, senkrecht aufgestapelt und um ein weniges auf mich den Betrachter geneigt, von Blitzen durchschossen, deren übertriebener Lichtschein mich fürchten läßt, es sei zum wiederholten Mal in diesem Jahr einer dieser gänzlich in Abrede gestellten Irrtümer geschehen, wie sie für den Planeten seit einer Reihe von Wochen denkbar sind und noch jede gewohnte Art, auf ihm zu leben, weit über den Haufen wirft. Sieh da, krächzende Unglücksvögel mit hohen Hüten, womöglich Zylindern, applaudieren mir schon am Morgen. Unter einem lautlos knirschenden Himmel.

Ich saß nach der ersten Gartenarbeit in diesem Frühjahr auf den Steintreppen, die zum einstigen Klassenraum führen, und rauchte alte aufgefundene Club-Zigaretten aus dem ehemaligen Ländchen in gespielter Verzweiflung und sagte mir dann, man muß nicht in Ländern, nur stets auf dem Land sein, und befand mich auf meinen höheren Stufen angenehm in der handfesten Sonne. Es raschelte aus der Entfernung. Zeit verging. Es raschelte wieder. Ich rauchte, und Zeit verging immer wieder, und schließlich sprang eine Kröte auf mich herzu, die gerade erwacht war. Während ich in der Sonne saß, kamen weitere Kröten aus altem Laub und unter dem Steinhaufen hervor und versuchten das Wasser erreichen. Kurz darauf fiel Regen in meine gelockerten Beete, und ich sah den Krokos sich strecken. Wenn aber bei mir das zu fehlt, so handelt es sich oftmals um einen verschleierten Imperativ.

Als ich den Deich anging, mühselig in den größten Gummistiefeln drin, in die man hineinkommt ohne einen Finger zu rühren, Größe fünfundvierzig jedoch und schlappend, bot sich der wunderbarste Anblick nach Osten. Die Sonnenscheibe stak in dünnen hin- und herschwingenden Wolken strahlenlos fest und gläserner feuriger Farbe, während die Uferbäume als schwarze Silhouetten auf einem Hintergrund lebendiger sehr dünner Nebel fremd sich befanden. Eine Jugendstillandschaft in zweifarbenem Druck. Man hätte lang hinschlagen können vor Bewunderung Freude. Welch excellente Tapeten die schwangeren Schafe hier haben. Als ich nach Westen sah, fand ich alle Farben versammelt, und die Landschaft erschien mir normaler, dennoch sehr zart.

Während mich eine Reise neulich ins Dänische riß, fort von meinem Beobachtungsposten, den Aufzeichnungen hier über das Wetter, konnte ich eine Entdekkung machen. Was mir nun deutlich vor Augen steht, nachdem ich mir wieder stille zu schlafen angewöhnt habe und mich nicht mehr wie ein Seehund im Kattegatt wälze, war, daß man hier, wenn man von Staatsgrenzen absieht, und ich tue es nun schon seit langem, sich recht eigentlich doch auf Jylland befindet, und alles darauf abzielt, die Halbinsel sich zu verschmälern zu sehen, bis man zuletzt in Skagen ankömmt, wo sich die beiden verschiedenen Meere bis zur Bewußtlosigkeit des Betrachters, dem ja überhaupt die Zwergländer im Laufe des Lebens immer liebenswürdiger erscheinen, umarmen, durchtränken und das gläserne Licht, das hier vorherrscht, auf die Spitze eines im Flugsand versunkenen Kirchturms getrieben, ihn fröhlich verrückt macht. Das Salzlicht, nach dem ich mich sehnte, wenn ich in den Städten von hoher Warte über die Häuser sah.

Als ich ein Stadtkind war, aber auch gleichzeitig ein Landeskind, und im siebzehnten Stockwerk die Fenster putzte, da tat ich es gründlich voller Frohlocken, heimlicher Schauer und hörte die Mahlerschen Posthornkonzerte. Eines der vielen Mißverständnisse des Hauses bestand darin, daß nur Teile der Fenster zu öffnen waren, die ich besaß, so daß es vernünftig gewesen wäre, entweder wie die anderen Hochhausbewohner auf den Glasreiniger mit seinem Fahrstuhl zu warten, oder wenigstens nur die erreichbaren Scheiben zu säubern, über die übrigen lächelnd hinwegsehen, aber mir stand nach keiner dieser beiden Möglichkeiten damals der Sinn. Vielmehr nahm ich, wenn ich mit diesen Fenstern befaßt war, das Wesen einer engstirnigen Hausfrau sonderbar an, die nun gezwungenermaßen im Kampf gegen jede blinde Stelle des Glases sich außerordentlich aus dem siebzehnten Stockwerk hinauslehnen mußte, die äußeren Kanten noch zu erreichen. Ich stand auf dem Fenstersims, hing an drei Fingern zwischen Himmel und Erde und gewann die vollkommene Freiheit in mir selbst.

Seit ich hier ansässig wurde, wollte ich, wie man so sagt, eines schönen Tages die Insel inmitten des Flusses betreten, ich nahm es mir den Sommer lang vor, doch die Anordnungen, wie sie für den Winter zu treffen waren in menschenentlegener Gegend, einem halbzerfallenen Haus, nahmen meine Zeit ganz in Anspruch, und später, als Frost herrschte, das Eis ermöglicht hätte, ohne Umstände hinüber zu gelangen, keine Brennesselhecke mich barfuß auf Schuhwerk und planvolles Vorgehen verwies, da hielten mich die eintreffenden Nachrichten aus der Hauptstadt zurück, und als sie nicht mehr bedrohlich klangen, ließ einsetzende Erleichterung wohl mich meine Pläne vergessen, bis wieder die Saisonarbeit begann. So habe ich bisher nie meine Absicht, die Insel inmitten des Flußes zu erkunden, verwirklichen können, wahrscheinlich befindet sie sich einfach in zu geringer Entfernung von meinem täglichen Leben. Ich kann die Krähenschwärme hinter ihrem Ufer auf die Schlafbäume niedergehen oder im heiteren Morgenrot aufsteigen sehen, jeden Herbst weht die Wolle der Weidenröschen herüber, aber im Lauf der Zeit vergesse ich die Insel immer häufiger, gerät sie mir ganz aus dem Kopf, halte ich ihr Ufer schon für die Gegenseite des Flusses oder glaube gar, was mich auf der Insel inmitten des Flusses erwarten würde, zu wissen, obgleich ich nur einmal mit einem alten Bauern über sie sprach, der als Kind mit seiner Großmutter etwas hinübergerudert hatte.

War es anfangs eine Verlockung, so begann das Eiland in den trägen Armen des Wassers, wenn es mir einfiel, zu einer Nötigung zu geraten, der Strauß hoher Bäume mir gegenüber ärgerte mich, und mehrfach war ich weiß Gott dicht daran, mir die Kleider vom Leib zu reißen, hinüber zu schwimmen. Aber wieder trat eine Hinderung ein, es war ein Verhängnis. Einmal als ich schon das Ruderboot losband und ich die blühenden roten Büsche jenseits des Wassers, deren Namen ich aus der Entfernung nicht sagen konnte, glaubte gleich berühren zu können, da geschah es, daß mein ältestes Schaf in Wehen fiel und ich sogar die Lage der Drillingslämmer in seinem Leibe zu korrigieren gezwungen war, daß ich auch diesmal nicht über den Fluß gelangte. Wie kam der Wirbel um die wenigen Quadratmeter Land inmitten des Flusses zustande, weshalb geriet ich ihretwegen in Bedrängnis, als hätte ich ein Versprechen, einem Sterbenden schnell in die brechenden flehenden Blicke gesagt, elend vergessen.

Die Insel wäre zu klein gewesen, dort für immer zu bleiben. Das Holz auf ihr hätte nicht ausgereicht, jenes Haus unter Bäumen zu baun, aus dessen Schornstein der Rauch quillt. Wie hätte ich dort, selbst wenn es das Haus endlich gab, leben sollen, eh noch der Boden urbar gemacht wäre. Kann sein, es folgte mir der freundliche Hund oder Calligula, ein Haflinger Pferd, welches bei mir im Gnadenbrot stand, aber hätte mein Aufenthalt dort fürderhin dazu getaugt, etwas vom Werte einer Adresse abzugeben, daß mich, angenommen ein Brief träfe ein, die Nachricht erreichte oder am Ufer aufbewahrt worden wäre. Womit, außer Holzarbeit, hätte ich mich auf der Insel ganz versunken beschäftigt, ich schrieb ja nur Briefe, und welches Adressaten hätte ich mich auf lange Zeit hier vergewissert?

Dennoch, das spürte ich, eines Tages würde ich mich auf und davon zu der Insel begeben, eines Tages, der nicht zu weit in der Ferne verborgen sein durfte, damit das Boot mich und den Hund noch trüge. Das Boot war von Winter zu Winter maroder geworden und ließ stets etwas heftiger Wasser die Planken hindurch.

Während ich das Treppchen betrat, das auf den Deich führt, sah ich den Kuckuck fliegen. Vor kurzem hatte ich ihn noch von gleich vieren Altvögeln umgeben gesehen, die sich die größte Mühe machten, das gefräßige Ding sattzukriegen, oft bis in die späte Nacht sich bewegten, denn die Eltern und der Onkel wohl und die Tante waren einfache Zaunkönige nur, die sich sputen mußten, das einzige ihnen verbliebene Kind ohne Erschrecken zu füttern erziehen, vor es sich auf die Wanderschaft dann begab, was sie ahnten, ihnen aber noch mit keinem Ihrer Kinder geschah. Nun war er also erwachsen, ich sah es an seinem Schnabel, der dem eines älteren Vogels ganz glich und nicht mehr der eines Jungvogels war, so begehrlich aufgerissen so orangerot und unverschämt. Der junge Kuckuck flog in großen Schwüngen zu den Pappeln hinüber, und ich war es froh ihn wiederzusehen, so wohlbehalten zu finden, denn oftmals hatte ich um ihn gebangt, wenn er zu sorglos und in geringer Höhe auf einem Zaunpfahl saß und mit nichts anderem befaßt, als das Futter zu erwarten. Die Schafe erhoben sich aus ihrer bequemen wiederkäuenden Lage und drängten sich mir an die Knie, schubsten von rechts und von links, daß ich kaum einen Fuß vor den anderen zu setzen imstande war, sie traten mir auf die Schuhe, ich rief sie vorwurfsvoll bei den verschiedenen Namen, genoß den schönen Kontakt, wobei ich den Bock nicht aus den Augen ließ, er mußte immer fest angeblickt werden, weil er sonst einen Angriff begann, was blaue Flecke eintrug, aber ich brauchte nach solch einem Vorfall nur mit dem schwarzen Hund, groß wie ein Kalb und eigentlich auch so freundlich, über die Koppel zu gehen, dann zeigte der Widder mit den doppelt gewundenen Hörnern für Wochen Scheu und Manieren und ließ es geschehn, daß ich die verschiedenen Tiere seiner Herde streichelte oder umhalste. Nun waren sie alle an die benachbarte Koppel gelangt, durchschritten das Tor und taten an der frischen Wiese sich gütlich, daß ich zurückkehren konnte um andere Arbeit. Die weißen Wolken flogen in großer Höhe nach Westen, ein schwefliges Licht breitete sich aus, und die Bruchweide am Hoftor scheuerte ihre Äste aneinander, was einen eigentümlichen schrillen Ton erzeugte, laut wie ein Sturmmövenschrei, auf eine besondere Weise entsetzlich. Von den Linden kreiselten die gestielten, asymmetrisch mit einem Blättchen versehenen Früchte in weiten Ellypsen herab, und Allerleirauh versuchte sie anhaltend zu fangen. Jetzt galt es, im Haus das Geschirr noch zu waschen, dann eilige Briefe zu schreiben, bevor ich eine verzweigte Beschwörung auf der schnurrenden Elektromaschine in Packeis schlug oder Schnee.

Die Leibesfrüchte der Linden hatte ich zuvor in einer anderen Welt trudeln gesehn, die mir bekannt war, da nahm ich eine Einladung wahr und gelangte mit halbwegs gültigen Papieren über die nahe Grenze, und es lächerte mich stark, daß es geglückt war. Ich fuhr mit meinem schönen Schofför in dem Ländchen zuerst an der gewaltigen Mülldeponie vorüber, wo sie den Westdreck gegen harte Währung verbergen, und der Ort hieß irrtümlich Schönberg oder von altersher, und die merkwürdige Wand in der Landschaft, die Mauer, war frisch geweißt und die Erde davor frisch geeggt und verräterisch kahl, aber bald begannen die träumerischsten Lindenalleen wie vor zweihundert Jahren ins Land uns zu ziehen, der flirrende winkende Blätterschatten rief die frühsten Erinnerungen wach wie gleichfalls die gepflasterten Straßen, die es noch gab, und die große gewellte Landschaft machte mich wahllos verrückt, rappelig übermütig, und ich sagte, dies sei genau so mein Land, tutti paletti. Später ein krachender Schmerz beim Anblick der gluckenförmigen mecklenburgischen Kirchen, die so elend aussahen, so verschlossen und liegengelassen, so blessiert wie nach dem Dreißigjährigen Krieg, oder wenn ich auf den Niedergang ehrwürdigster Häuser stieß, was mir als Unrecht erschien, ein bald verschmelzter Schnee und abgebrannte Kerzen, und alles schon unwiederbringlich verloren. Die Ufer der Seen, steilabfallend und von alten Buchenwäldern umstanden, stellenweis und immer öfter leergeräumt, die glänzenden Leiber der Bäume über die Grenze verkauft, goldenem Kalbe geopfert oder zum Teufel. Es befand sich ein tiefgründiger Teich offengelegt wie eine Bühne zu unseren Füßen, noch seerosenbewachsen, von einer Schwanenfamilie durchzogen, die häßlichen Entlein grau zwischen den leuchtenden Blumen, herzförmige Blätter und herzförmige Hälse der Tiere. Ein Bild wie von Heinrich Vogeler gemalt, etwas gedankenlos schon, während er an die Weltrevolution sich vergab und nach Osten hin aufbrach. So befand ich mich nach sehr langer Zeit im Mecklenburgischen, einem Teil der Personage von ehdem froh gegenüber, wenn auch ohne Carola, die noch in Griechenland war, und in einem anderen Haus, einem ehemaligen Pfarrhaus, nun mit einem Ziegeldach selbstverständlich, Reet in diesem Leben nicht mehr, sagte Christa Kassandra. Wir saßen vor der Küchentür und sahen erst den Schwalben, später den Fledermäusen zu, die alle nicht genug kriegen konnten, ihre Schleifen zu machen, sich tragen zu lassen von den rechtmäßigen Winden des Landes, doch es schien mir unfaßbar, daß die Einwohner wieder bereit waren, vom Kleister der Hoffnung zu zehren, an ein Wunder zu glauben, das ausgerechnet von dort kommen sollte, wo Heinrich Vogeler einstmals in einem Lager verscholl. Helene und Anton die Enkel flatterten in ihren Nachtgewändern durch den verwilderten Garten und rührten stark an unsere Herzen, wenn sie Steine als ein Abendmahl uns servierten, bevor Tinka sie zu Bette brachte oder ihr Vater, Maler auf dem Prenzlauer Berg. Während die Grillen laut anhaltend und provençalisch lärmten, die Gespräche oftmals von einem zum anderen Gegenstand flogen, um sich nicht auf das weite Feld konträrer Meinungen zu begeben, eine Kunst, die ich seit einiger Zeit den Freunden zuliebe gebrauchte, da wurde es Nacht, und als die Sternbilder sich zeigten, fielen alsbald die himmlischen Trümmer der Perseiden genau wie vor Jahren mit langen gleißenden Schweifen eh sie verglühten herab. Die Grillen die Meteore der Geruch reifen Getreides, der Tisch, aus dem verbrannten Hause gerettet, die verlorene Zeit, der gewonnene Raum, das schwarze Frühjahr zuletzt, von dem alles gezeichnet nun war, was Helene und Anton, solange sie lebten, umgeben würde.

Die Grillen gaben nicht Ruhe bis in den frühen Morgen. Ich hatte mein Lager unter dem geöffneten Fenster, die Flügel wiesen nach außen und waren gegen den Morgenwind dringlich befestigt. Es mochten die Gespräche des vergangenen Abends gewesen sein, die zeitweilige Rückkehr in ein vergangenes Leben, wodurch es mir nicht gelang, in einen gründlichen Schlaf zu fallen. Mir war, ich wäre lange gestorben und sähe nach hundert Jahren auf das Treiben der Menschen hin und fände sie natürlich immer noch mit dem alten Galimathias befaßt. Es langweilte mich stark, es ging mir wie der englischen Großmutter von W. C. Williams, well, I'm tired of them, ach geht mir weck. Ich erhob mich von Zeit zu Zeit und steckte den Kopf aus dem Fenster und feuerte die volkseignen Grillen an, sah Nebelstreifen über den großen Ährenfeldern jenseits des Gartens und eine rote mecklenburgische Katze, die mich heiter angrinste und sich aus den niedergemachten wenigen Dahlien erhob. Früher ein eifriger Liebhaber der Katzen, ich sehe Gerhard in Kleinmachnow täglich einen großen Schellfisch nur für diese Tiere abkochen, hatte er nun eine Allergie gegen die freizügigen Wesen entwickelt. Ach ich glaube ja, daß diese Stellvertreterkatzen ein mittleres Alpdrücken eine zugeschnürte Kehle eine nichtanerkannte Berufskrankheit gemeinhin ausdrücken können, und spucke mir kreuzweis über den Buckel, da bleibt keine Sehnsucht nach einer Vergangenheit, recht verneinend fliegt mir der Kopf, und dann lache ich, denn vor den Menschen kann ich mich überall fürchten, ich will hinausgehen unter die Pflanzen und Bäume.

Ich hatte mich letztlich in meinem Hochhaus längst

auf eine Hallig begeben, wo das ganze Jahr der Ruf Landunter! erscholl.

Es machte mir nichts aus, die Stadt zu verlassen und nach einem längeren Fußmarsch einer häufigen Bahnfahrt in einem alten Gutshaus mich einzufinden, wobei ich noch jedem aus den Augen geriet. Auf dem Friedhof, dessen einziger Besucher ich war, sonnte ich mich auf Bettinens Grab und übte das Recht zu trauern hier aus. Später wollte ich es erfahren, wie alle Geschöpfe dieses Sterns in ihre grausame Abhängigkeit eines vom anderen essend geraten waren, und es kam mir vor, als würde manch einer der Menschen sein Herz abzuhärten entschlossen sein durch Rohheit und Morden oder andere würden mit Schuld sich überhäufen, weil kein himmlisches Wesen Rechenschaft fordert.

Wie aufgerissen der Boden hier war, der Himmel hing ohne die einzige Wolke über dem Land, und die Menschen begannen, niedrigen Halmen die Mähwerke anzulegen, weil die Ähren nun notreif waren. Ich ging die Vergangenheit durch wie nach dem Krieg über die Stoppelfelder und suchte den Abfall zusammen mich aufrechterhalten, aber die Körner zeigten sich nicht.

Ich kann jederzeit erfahren, daß dieses Flachland auf bestürzende Art frei ist und daß hier vor denkbarer Zeit ein Meer ausgebreitet lag. Die versteinerten Seeigel, Abdrücke von Seelilien und Schwämmen, die ich beim Umgraben finde, bestätigen es, und eines gar nicht zu fernen Tages wird es hier wieder angestammt sein, wenn die Polkappen abtaun, können die Rosenbäume in Vineta und Rungholt dann stehn, mir ist es recht, die feuchte Wildnis dereinst zu durchstreifen. Seit diesem Frühjahr, in welchem die Unheilbarkeit des Jahrhunderts sichtbar geworden ist und jede Empfindung sich verändert hatte, was für eine Trauer das war in diesem Frühjahr, ich wollte in Lumpen gehen vor Trauer oder mir die Zähne ausreißen, habe ich oft an den liebsten Freund denken müssen, den ich seit ein paar Jahren im Totenreich besitze. Als wäre ihm etwas erspart geblieben. Das ist jetzt die wilde Trauer nicht mehr, daß sein Lebenslicht erloschen schon ist, eher hat ja durch seinen Tod der eigene an Schrecken verloren. Wenn er schon tot ist, so kann ich leichter davon. Es ist die gleiche Überheblichkeit oder Demut, mit der ich es darauf anlegte ins Kindbett zu steigen, wenn ich auf einem primitiven Planeten schon war, wollte ich alles erfahren. Jetzt konnte ich in Staub zerfallen, wenn jemand wie er so eilig in Grund und Boden gerät. Allmählich kam ich mir wie ein Geist vor, der sich über die Mitternachtsstunde vertrödelt hat und nun den Hahnenschrei hört.

Ja doch der nächste Orkan pfeift aufm Schlüssel ums Haus, die Wolken zerreißen sich und die Bäume küssen die Erde. Unser bekannter Igel, der mir mehrfach durch die Hände schon ging, er strebte gerüttelt geschüttelt, dauernd fast umgeworfen in seinem schweinischen Laufschritt vom Deich zu den Strohballen hin, in denen er Quartier hat, mit einer Maus in der Schnauze, deren Schwanz heraushängt, ordentlich wirbelt. Oder der Sturm nähert sich rollend, wäre der treffliche Ausdruck, wie eine Kolonne von Omnibussen, oder man glaubt Stimmen zu hören, wahrhaftig es sind Auseinandersetzungen bösartig imgange, dann verstummen sie jäh, oder die wilden Tiere brechen in die Versammlung fressen den Redner legen sich nieder.

Wir hatten die Kronen weißgott voller Perlen und ein königliches Lachen in unserer Brust. Hörten in der weitläufigen Halle eines Karpathenschlosses, welches dem rumänischen Schriftstellerverband als Prunkobjekt diente und vorher Carmen Silvas Eigentum war, einen alten Mann Violine spielen. Während sein Stück immer heftiger wurde, hob und senkte er ruckartig den Kopf wie ein siebenbürgisches Huhn auf der Tenne, da nun alles zerfiel, nachdem der Bauer den Ausreiseantrag eingereicht hatte. Ich saß in einem Lehnstuhl aus schwarzem Holz, dessen Armlehnen nicht nur von Löwenköpfen gebildet wurden, welchen man die spielenden Finger ins offene Maul stecken konnte, sondern es befand sich noch jeweils eine freibewegliche Kugel im Gehege der Zähne. Auf einem anderen Thron mir zur Seite, die Füße schlangenumspült, saß mein liebster Freund hier auf Erden. Im Park patroullierte die Geheimpolizei in Feuerwehruniformen.

Es dauerte lange, bis sie begriffen hatte, daß sie auf einem fürchterlichen Planeten ausgesetzt war. Die lieblichen Erscheinungen, die sie allenthalben wahrnahm, gewannen über jegliche Trübsal in kürzester Zeit die Oberhand, und wenn etwas Schreckliches geschah, so war es dem Kind möglich, alles als einen Unfall, eine ursprünglich nicht vorgesehene Störung zu deuten. Die Traumtänzerei hielt den ersten Bombenteppichen stand und dem Anblick zerfetzter Leichen. Vorab geschahen

Jahre vegetativen Lebens. Ein dünnes gutwilliges Kind, unter mancherlei Bäumen zu verschiedenen Jahreszeiten inmitten umgebender Menschen, trat es unbedenklich und fröhlich jeden Morgen vor seine Tür. Weil die Luft im Inneren des alten Hauses das ganze Jahr über kühl und feucht blieb, daß die Tapeten sich lösten, Nägel zu rosten begannen, hieß der einzige Auftrag am Anfang unzähliger Tage: Geh in die Sonne, und es war leicht, ihm zu folgen. Das Kind brauchte nur Sorge zu tragen, das Wohlgefühl zu behalten oder im Schatten des Hauses das Frösteln die Sehnsucht nach Wärme wachsen zu lassen und gegebenenfalls schnell einen Sprung tun. Die Haut gab Signale, wenn die Füße den Sonnenstreifen erreichten, flog die Seele und alles war gut. Es war das Leben der Schmetterlinge, im Sommer war Sommer, und im Winter sah man durch verzauberte Eisblumen die Scheiben hindurch, oder der Hauch konnte einem klirrend wien Eiszapfen ab vor die Füße rollen, wenn man den Mund nicht verschloß.

Sonne und Schatten lagen dicht beieinander auf dem geräumigen Hof, der durch das Vorder- und Hinterhaus, das Stallgebäude, das Waschhaus entstand und den ein schwarzes zweiflügliges Tor abschloß. Die hintere Grenze bildeten das Flüßchen unter hundertjährigen Eschen und der Garten mit den Lieblingsäpfeln Schneeglöckchen und fliegenden Akeleien blasser Farben. Schwarzer Schatten, gelbe Sonnenstreifen, die sich verschoben nach dem Stand des Gestirns, morgens geranienrot hinter dem Kühlturm, den Kesseln des Gaswerks. Eine freundliche Sonne, die kurzärmlige Kleider und barfuß zu gehen erlaubte, die auf ausgelegte Betten und in ein Labyrinth schaukelnder Wäsche fiel, Straßen sich schuf, Lichtwege durch das geöffnete Tor oder über die Plumpsklos hinweg und Scherben im Ascheberg vorleuchten ließ, daß man sie aufheben mußte, lange besaß. Geh in die Sonne, sagte die Mutter, und das Kind glaubte, daß es mit dieser Frau ein gutes Los gezogen hätte vor allen anderen Kindern. Und wenn sie im Winter die Haare ihm wusch, das Kind auf den Bücherschrank setzte, wo spürbar wärmere Luft sich befand, blickte es selbst wie die Sonne aus großer Entfernung auf die winzigen Stühle rings um den Tisch, schien auf die Bilder des gußeisernen Ofens, dessen oberste nahe Etage eine Gegensonne über einem sanften Tal zeigte, und in den Uhrenkasten hinein, wo das goldene Pendel glänzend und eilig vorüberflog. Hinter seinem Rücken und wahrscheinlich im Schatten lag ein hohes Gebirge mit flatternden Nebeln, einer Klosterruine, worüber die Raben flogen. Ein träumerisches Bild, doch nicht geheuer. Der Mutter gehörte eine Gitarre, über deren Saiten das Kind öfters strich, bis der Wald entweder unheimlich brauste, Vögel aus den herbstlichen Blättern fuhren oder es langsam zu schneien begann.

Es kommt hier Anfang Dezember eine spezielle Art Lufthauch gegen Abend zustande, wenn die Bäume im Eisregen stehn, daß es sie in unbedeutenden Stößen nach Osten hinneigt und danach wieder zurücksinken läßt wie in einem zu langsam laufenden Film. Eine Krähe fällt in den höchsten Baum der Ebene ein. Anscheinend befinden sich die stoßweise ankommenden

Luftschübe vom Nordmeer nur in den höheren Schichten und streifen die oberen Zweige des Baums mit der Krähe darin, während sie kleinere Bäume und Büsche glatt übergehn. Die Krähe also in einem der wenigen ehrwürdigen Bäume sie wird geneigt, wieder erhoben, und ich hinter dem Fenster, wenn die Dunkelheit aus den Wolken sickert, vom Erdboden steigt, versuche die Bewegung des Baumes und der Krähe mitzuvollziehen, was den Kopf nach einer Weile sonderbar leer macht und wie Baum und Krähe im Eisregenwind sich anfühlt.

Die Welt aber stellte sich das Kind zu dieser Zeit unendlich groß vor, und es war sein Glaube, daß zur gleichen Minute in einem der in unendlicher Zahl vorhandenen Länder ein Kind existierte, das so beschaffen war wie es selbst, ja sogar den gleichen Namen trug und am selben Tag seinen Geburtstag hatte. Auch die Eltern würden sich ähnlich sehen, und was das Schönste war, es gab in diesem anderen Land für das andere Kind, das auch mit einem mürrischen Großvater geschlagen war, dessen zaubrischen Garten am Haus mit Apfelbäumen und Kaiserkronen, der Jasminlaube, die der toten Großmutter gehörte, dem zahmen Zwerghuhn, das wie ein Hündchen ihm folgte. Vielleicht in einem neuschottischen Dorf, unter dem flachen dunklen Himmelsgewölbe, woraus die geflügelten Nüsse der Ulmen langsam, sehr langsam fielen, während das Kind den Rock aufhielt, diejenigen aufzufangen, die ihr nahekamen oder die der Wind ihm zublies, ein kleines Morgengeschenk. Das Kleid war eines aus weißem Waschsamt, mit siebenunddreißig dunkelgrünen Eidechsen bestickt wie das seine, und beide Mädchen gingen gerade in die Sonne hinein, wie die Mütter es wünschten, und nahmen ihre Glaskugeln mit, und in der größten hellblauen wäre ein Eisbär eingeschlossen mit geneigtem Kopf, den sie beide sehr liebten. Die Welt ist unendlich groß, dachte das Kind, und es lag ihm nichts daran, einmalig zu sein, denn der Gedanke so verrückter Vielfalt schützte vor Einsamkeit und den vielen Gefahren, die ihm oder den Eltern oder den Eisbären zustoßen könnten, weil sie jetzt nicht hervorgehoben erschienen, nur sehr lebendig.

Ich träumte, mein Esel hätte Flügel gehabt und mich darauf an die Nordsee getragen. Erst war es dunkele Nacht, aber dann kroch die Sonne hinter dem Erdball hervor und wir beschlossen, uns niederzusenken. Es ist ein schöner warmer Tag, sagte der Esel, ich will mich ein weniges in die Sonne legen. Sehr angenehm, sagte ich und holte meine Zigaretten hervor. Rauchst du wieder, fragte er mich. Die Welt ist langweilig, tödlich langweilig, sagte mein Begleiter, es lohnt sich nicht, ein Mensch zu sein.

Ich ging ganz in der Frühe mit Robert die Stufen hinab, die Gartenpforte hindurch, und Robert zog mich am Ärmel, daß ich eine schnellere Gangart einlegen mußte und nicht dazu kam, die Pforte zu schließen. Wir liefen weit weit in die verschneiten Wiesen, als es noch düster war, und von Zeit zu Zeit rissen die schleifenden Wolken sich auseinander, und der kreisrunde Mond glitt wie ein Gespenst in seinen flatternden Nebel- und

Wolkentüchern den Himmel entlang und mehrfach durch die schwarzen Wasser der Gräben und war von einem Hof noch umgeben. Je weiter wir kamen, desto dichter stiegen aus der Dunkelheit Schatten vom Erdboden auf, so daß wir bald schon das Haus mit seinen doppelten Lichtern aus den Augen verloren. Ich hätte immerfort laufen und ganz verschüttgehen können, wenn nicht der verständige Hund mich zurückgebracht hätte.

Fremde Wesen waren die anderen Menschen alle außer der Mutter. Das Kind hatte sie in dem großen Mietshaus am östlichen Stadtrand in reicher Zahl vorgefunden, doch es kommunizierte zurückhaltend mit ihnen, und sie bedeuteten ihm nicht mehr als der Wäschepfahl in der Mitte des Hofes, von dem die Leinen in alle Himmelsrichtungen führten, oder die weißgescheuerte hölzerne Treppe, die auf den Dachboden führte, hinter dessen verschlossenen Verschlägen die geheimnisvollen Dinge zu vermuten waren. Solche Denkart geschah nicht aus Hochmut, sondern drückte den verschiedenen Grad der Vertrautheit zu Menschen und umgebenden Dingen, Pflanzen und Tieren in so früher Zeit aus. Solange die Schulweisheit nicht anschlug, war es im Glück bei den Ratten am Ascheplatz, bewegte sich in den Kronen der Bäume, flog mit den Wolken den Himmel entlang, ein puerilischer Schmetterling.

Seit die Krähenschwärme morgens und abends nicht mehr das Haus überflogen, wußte ich, daß der Winter hart werden würde, und bereitete mich darauf vor. Als es wochenlang schneite, die einzige Straße verwehte und ich zuletzt nur noch auf Schneeschuhn zu den Gehöften vorankam, es nichts anderes als weiße Flächen gab und Schneekreisel darüber, Himmel und Erde sich grob vertauschten, die Flocken bald schwarz vom Boden aufstiegen, so herrschte, wenn der Wind ausblieb, ein Schweigen, größer als die größte denkbare Stille, und ich hörte die dünnen Pfeifen des eigenen Bluts. Eine bedenkenlose Kälte durchdrang den Kopf, Schnee wurde mir in die Ohren geküßt, bis ich durch und durch eine Schneefrau war mit einem geringen Lächeln auf meinen Lippen, ganz ohne Wünsche, berauscht von der einzigen Farbe, so willenlos, daß ich es als Glück empfand, in den Gewölben des Frostes das Gedächtnis verlieren und jegliches Zeitmaß. Es gab weder Erinnerungen noch Träume, keine Prophezeiungen, alles, was ich kannte, geriet aus dem Bewußtsein, und ich hätte eine beliebige Frau, ein Mann, ein Kind, ein Tier oder ein Baum gleich nach dem Westfälischen Frieden darstellen können in diesem Weiß, das nicht mal Stromleitungen verriet. Lediglich ein Reh, ein Hase, eine Fasanenhenne waren allein unterwegs wie ich selbst. Ein paar dunkle Schafe auf einer entlegenen Koppel standen in Klumpen zusammen, die ich sehr liebte.

Frühlinge kamen und gingen, bis das Kind längst erwachsen war und selbst ein Kind auf den Ascheplaneten ausgesetzt hatte, welches seinerseits flügge schon war. Da geschah es immer häufiger, daß sie sich als eine Fremde empfand, hierhin versprengt und lebenslänglich gefangen. Jetzt wirkte der Zauber, dem sie doch früher erlegen war, nicht mehr über Tage und Wochen.

Die Zeit der Wunder war wohl verflogen, in der es ihr sogar möglich schien, in einer dafür geschickt gewählten Periode an ein paar günstigen Stellen der Erde menschenfreundliche Reiche grob zu errichten. Auch das persönliche Schicksal mit seinen wüsten Verstrikkungen, in Liebe, Eifersucht, Wahnsinn wie in alten Stummfilmen gefangen, kleine Tragödien, die großen nicht wahrzunehmen, hielt sie nicht länger in Atem. Die aussterbenden Bäume, Löcher im Himmelsgewölbe, die heillos werdende Luft und die vergifteten Wasser der Erde, alles erleichterte es, deutlicher als frühere Generationen die Lage zu sehen, den Aufstieg der eigenen Art aus dem Tierreich zu beklagen ob der Möglichkeit, den Planeten aus den Angeln zu sprengen. Der Erdenkloß brauchte, um weiterhin leben zu wollen, viel zärtliche Demut, ein gerüttelt Maß wahnsinniger Zuneigung für seine arme absterbende Welt.

Irgend jemand hat mir vor Tagen ein Blatt Papier in die Maschine gespannt, worauf ich zu schreiben begann. Den Kalendern nach ist heute der 27. Dezember, Weihnachten gottlob vorüber. Meine Feste heißen ganz anders, niemals Weihnachten oder Silvester, sondern Jetzt kommt der krachende Winter und Ich laufe über meine Blumenzwiebeln dahin, die Schönheit wird unvergleichlich. Oder ich sehe die Schafe auf dem Deich im Morgenrot stehn, das schwarze ist bereift, und ich kann die wachsenden Lämmer unter den Pelzen erblikken, die bald meine Schneeglöckchen fressen. Oder die kahlen Rosen machen mir schöne Augen, und ich sehe in meiner Vorstellung den Rosengarten vollendet, für den ich mich jahrelang abschufte, hohe Gewölbe und Säulen, grobe und zarte Farben im Kopf, Rosengirlanden in wenigstens fünf Etagen, flatternde, mit geviertelten Blüten besetzte Zweige auf Schritt und Tritt, und der narkotisierende Duft alter Sorten mit dem des Holunders dermaßen vermengt, daß jeder, der vorübergeht, ohnmächtig vor meinem Garten zu Boden stürzt, den Weg hinfort meidet, aber stets die Sehnsucht im Herzen behält, einen quälenden Schmerz, eine Erinnerung an eine Erinnerung, und nie kommt er dahinter, was er eigentlich schmerzlich entbehrt, dieser Vorübergehende. Die Sonne steht, während ich am Fenster auf der Maschine schreibe, in Augenhöhe, und wenn ich mich auf den Schreibsessel stelle, kann ich über sie wegsehn, eine blasse überanstrengte Fackel, die es nicht schafft, den Reif zu vertilgen. Die Bauern mit ihren Mistwagen durchkreuzen von Zeit zu Zeit meinen Blick, die silberne Ebene mit kräftigen breughelschen Farben, den Frost benutzend, noch auf die sumpfigsten Wiesen gelangen an den letzten Tagen des Jahrs.

Mitten im fallenden frühen Schnee bringt uns der Altbauer vom Ende des grünen Wegs unsere Kettensäge, die er geschärft hat. Er kommt auf einem betagten Trecker, der ein Dach aus Sackleinwand aufgesetzt hat und einen Kasten gleich auf der Achse trägt für allerhand kleine Transporte, eine Decke liegt jetzt darin, um unsere Kettensäge trocken ankommen zu lassen. Der Kasten ist aus starken Brettern gefügt, die vom Gebrauch ganz abgewetzt sind, mit einem Leuchten jedoch aus dem Kern des Holzes im tanzenden Schnee.

Der Altbauer zeigt, wie scharf die Säge jetzt wieder ist, und er lacht, wenn die Klötze serienweis fallen. Die Kettensäge ist geschärft und geölt, und ihr Griff prangt rot, daß man sie wiederfindet, und unser entfernter Nachbar steigt auf seinen bemoosten Trecker und fährt durch den Schnee, verschwindet darin.

Ein trockener Wind, ein Gin-Tonic von Lufthauch aus den Magnetgebirgen des Pols, heult um die Ecken des Hauses, daß man glaubt Dämonen rufen uns an, begrüßen uns mit mörderischen Schlägen auf Rücken und Schultern. Die weißen Pferdchen vom Ponyhof, die bald gepfändet werden, sie legen Lidschatten auf und klappern mit den Hufen wie ein Balalaika-Orchester, und des Kutschers Bärtchen setzt als dunkler Schmetterling über die Gräben. Wieder im Haus muß ich mir die Haare abtrocknen, denn es gibt weder Mützen noch Hüte in der Wirtschaft, meist nicht einen einzigen Handschuh. Als ob die Katzen das fressen. Ich knüpfe an meinem scharlachrothen Seldschuken-Teppich, den Marco Polo mir abkaufen will.

So lebte Allerlei-Rauh lange Zeit recht armselig: Ach, du schöne Jungfrau, wie solls mit dir noch werden? Da war ein Ball im Casino, Allerlei-Rauh dachte, nun könnt ich einmal wieder meinen lieben Bräutigam recht sehn, ging zum Koch und bat ihn, er möge ihr doch erlauben, nur ein wenig hinaufzugehen, um vor der Thüre die Pracht mit anzusehen. Okay, sagte der Koch, aber länger als eine halbe Stunde darfst du nicht bleiben, du mußt noch die Asche heute abend zusammenkehren. Da nahm Allerlei-Rauh sein Karbidlämpchen und ging in seinen Verschlag unter der Treppe und wusch sich den Ruß ab, da kam seine Schönheit hervor, recht wie die Blumen im Frühjahr aus schwarzer Erde, dann that es den Pelzmantel ab, machte die Nuß auf und holte das Kleid heraus, das wie die Sonne glänzte. Und wie es damit geputzt war, ging es hinauf, und jedermann machte ihm Platz und meinte nicht anders, als eine Prinzessin käme in die Tanzbar gegangen. Der Offizier reichte ihr gleich seine Hand zum Tanz, und wie er mit ihr tanzte, dachte er, wie gleicht doch das Fräulein jenem Mädchen, das ich liebte, bevor ich ausgewandert bin. Und je länger er sie ansah, desto mehr glich sie ihm, daß er sie fast gewiß wiederzuerkennen glaubte, und wenn der Tanz zu Ende wär, wollte er sie fragen. Wie sie aber ausgetanzt hatten, verneigte sie sich und war verschwunden, ehe sich der Offizier besinnen konnte. Da ließ er die Wache fragen, aber keiner hatte die Prinzessin aus dem Haus gehen sehn. Sie war geschwind in ihren Verschlag unter der Treppe gelaufen, hatte ihr Kleid ausgezogen, Gesicht und Hände schwarz gemacht und wieder den Pelzmantel umgethan. Dann ging sie in die Küche und wollte die Asche zusammenkehren, der Koch aber sagte: Laß das seyn bis morgen, ich will auch ein wenig hinaufgehen und den Tanz mit ansehen, koch derweil dem Offizier seine Suppe, aber laß keine Haare hineinfallen, sonst kriegst du nichts mehr zu essen. Allerlei-Rauh kochte dem Offizier da eine weiße Suppe, und zuletzt legte es den goldenen Fingerring hinein, den der Bräutigam ihr einst geschenkt hatte. Wie nun die Tanzerei zu Ende war, ließ sich der Offizier seine weiße Suppe bringen, die schmeckte ihm so gut, daß er meinte, er hätte nie eine so gute gegessen, wie er aber fertig war, fand er den Ring auf dem Grund liegen, und wie er ihn genau ansah, da war es sein Treuering. Da verwunderte er sich, konnte nicht begreifen, wie der Ring dahin kam, denn das Mädchen glaubte er nicht mehr am Leben, und ließ den Koch rufen. Der Koch ward bös über Allerlei-Rauh: Du hast gewiß ein Haar hineinfallen lassen, wenn das wahr ist, so kriegst du Schläge. Wie aber der Koch hinaufkam, fragte der Offizier, wer die Suppe gekocht habe, die wäre besser als sonst gewesen, da mußte er gestehen, daß es Allerlei-Rauh gethan, und da hieß ihn der Offizier Allerlei-Rauh heraufschicken. Wie das Mädchen kam, sagte der Offizier: Wer bist du, und was machst du hier in dem Casino, woher hast du den Ring, der in der Suppe lag? Es antwortete aber: Ich bin nichts als ein armes Kind, dem Vater und Mutter gestorben sind, habe nichts und bin zu gar nichts gut, als daß die Stiefel mir um den Kopf geworfen werden, und von dem Ring weiß ich auch nichts, damit lief es fort.

Darnach war wieder ein Ball. Da bat Allerlei-Rauh den Koch, er solle es hinaufgehen lassen. Der Koch sagte wieder, okay und nur für eine halbe Stunde, dann solle es da seyn und dem Offizier die weiße Suppe kochen. Allerlei-Rauh ging in seinen Verschlag unter der Treppe, wusch sich rein und nahm ihr zweitliebstes Kleid heraus, noch reiner und glänzender als der gefallene Schnee, und wie es hinaufkam, ging eben der Tanz an, da reichte ihm der Offizier die Hand und tanzte mit ihm und zweifelte nicht mehr, daß das seine Jugendliebe sey, denn niemand auf der Welt hatte außer ihr noch so schwarze glänzende Haare. Wie aber der Tanz zu Ende war, war auch das Mädchen schon wieder draußen und alle Mühe umsonst, der Offizier konnte sie nicht finden und hatte auch kein einzig Wort mit ihr sprechen können. Sie war aber wieder Allerlei-Rauh, schwarz im Gesicht und an den Händen, stand in der Küche und kochte dem Offizier die weiße Suppe, und der Koch war hinaufgegangen und guckte zu. Und als die Suppe fertig war, tat sie den einen Ohrring hinein. Der Offizier aß die Suppe, und sie däuchte ihm noch besser, und als er zuletzt den Ohrring fand, erstaunte er noch mehr, denn den hatte er einmal seinerzeit seiner Liebsten geschenkt. Der Koch ward gerufen und dann Allerlei-Rauh, aber die gab wieder zur Antwort, sie wisse nichts davon und sey nur dazu da, daß ihr die Stiefel um den Kopf geworfen würden.

Der Offizier stellte zum dritten Mal einen Ball an und hoffte, seine Liebste sollte wieder kommen, und da wollte er sie gewiß festhalten. Allerlei-Rauh bat auch wieder den Koch, ob sie nicht dürfe hinaufgehen, der schalt aber und sagte: Du bist eine Hexe, du tust immer etwas in die Suppe und kannst sie besser kochen als ich. Doch weil es so bat und versprach, ordentlich zu seyn, so ließ er es wieder auf eine halbe Stunde hineingehen. Da zog es sein Sternenkleid an, das funkelte wie die Sterne in der Nacht, ging hinauf und tanzte mit dem Offizier, der meinte, so schön hätte er es noch niemals gesehen. Bei dem Tanz aber steckte er ihm den

Ring an den Finger und hatte befohlen, daß der Tanz recht lang währen sollte. Doch er konnte es nicht festhalten, auch kein Wort mit ihm sprechen, denn als der Tanz aus war, sprang es so geschwind unter die Leute, daß es verschwunden war, ehe er sich umdrehte. Es lief unter die Treppe, und weil es länger als eine halbe Stunde weggewesen war, zog es sich eilig aus und machte sich in der Eile nicht ganz so schwarz, sondern ein Finger blieb weiß, und wie es in die Küche kam, war der Koch schon fort, da kochte es die weiße Suppe und legte den anderen Ohrring mit dem Papageyen hinein. Der Offizier fand ihn wie den Fingerring und den Ohrring mit dem Saphir, und nun wußte er gewiß, daß seine Liebste in der Nähe war, denn niemand anders konnte die Geschenke sonst haben. Allerlei-Rauh ward gerufen, wollte sich wieder durchhelfen und fortspringen, aber indem es fortsprang, erblickte der Offizier einen weißen Finger an seiner Hand und hielts daran fest. Da fand er den Ring, den er ihm angesteckt, und riß den Rauchmantel ab, da kamen die schwarzen Haare hervorgeflossen, und es war seine Liebste. Der Koch ward reichlich belohnt und stieg in den nächsthöheren Rang auf, und dann hielten sie Hochzeit, ließen in Wiesbaden sich nieder und lebten vergnügt bis an ihren Tod.

Das ganze Jahr standen auf grünen Wiesen reichliche Blumen, denn da hier lediglich Weidewirtschaft betrieben wird wegen des moorigen Bodens, in welchem die Trecker versinken, demzufolge Herbizide gar nicht verpulvert werden, so daß selbst Schmetterlinge noch ursprünglich sind, das ganze Jahr also standen auf grünen Wiesen vor meinen Augen Binsen ausgebreitet sich auf den Horizont zu verdichtend herum, und ich nannte sie alle bei ihren verschiedenen Namen. Ich kannte schon die Graugrüne Binse, die Geknäuelte Binse, die Flatterbinse, die Gegliederte Binse, die Spitz- und die Stumpfblütige Binse, die Zusammengedrückte Binse, die Krötenbinse, die seltene Zwergbinse und schließlich die aus den Staaten eingewanderte Zarte Binse, wenn es auch Mühe gemacht hatte, sie unterscheiden zu lernen. An heißen Sommertagen, wenn ich sie als Kopfkissen nahm und mir Betrachtungen durchs Gehirn liefen, sprang es wie Schuppen von meinen Augen, und ich glaubte, nun wüßte ich endgültig über alle Dinge auf diesem Planeten Bescheid, was zur Folge hatte, daß ich wütend wurde und mich dennoch in meinen verschiedenen Binsen liegend als einen Teil desselben betrachten mußte in aller Demuth.

Ende des Sommers habe ich einen ganzen Tag mit dem Schäfer Moorschnucken in den Binsenwiesen gehütet. Er gab mir seinen langen Schäferstock, mich darauf zu stützen wie auf den alten Gemälden, und ich stand zwischen den Sumpflöchern in originaler Haltung, die Füße weit ausgefahren, die Hände übereinandergelegt auf dem Stockknauf, das Kinn darauf gestützt, der Leib völlig entspannt, von Bienengetön, dem leichten fächelnden Wind umgeben, während der Kuwacs die eigentliche Arbeit wohl übernahm, ich nur auf das Blöken der Lämmer achthaben mußte, nachdem der Schäfer zu einer anderen Weide ging. Als ich so stand und allmählich wie ein Stück Natur in diesem Flachland war, der brütenden Sonne ausgesetzt wie ein x-beliebiger modernder Baumstamm, und mir jedes Zeitgefühl abhanden kam und mein Körper so porös wurde, daß die Lerchen durch ihn gerieten, fand ich Gefallen daran, für den Blauen Planeten eine archaische und eine augenblickliche Natur zu unterscheiden. Die eine, sagte ich mir und sank fußbreit ins Moor, lappt manchenorts noch in die andere über, und ich war es in diesem Augenblick sehr zufrieden, an solcher Stelle mich aufzuhalten, weil eine Existenz in reiner archaischer Natur, wenn ich sie noch gefunden hätte, mir meiner Bedürfnisse wegen und der meinem Alter angemessenen körperlichen Fähigkeiten nicht mehr möglich schien, die zeitgenössische Natur jedoch, wie sie eine Stadt vielleicht abgibt, für mich nur noch ein gelangweiltes Entsetzen brachte vor Leere und Fülle, blitzendem Tand. Es kam bei meiner Moorphilosophie letztlich darauf an, wofür die Menschen ich ansah. Hätte ich sie als hybride Entäußerung nur empfunden, wozu ich im Zorne oft neigte, wäre ich schnell mit ihnen fertig gewesen. Mitleid kommt auf, kann denn die Wasserblas, der leichte Mensch bestehn? Ich sah mich gezwungen, ihn dennoch als natürliches Wesen, wie andere noch, in dieser Welt zu begreifen und die Ausgeburten seines Gehirnes, sei es die schönste Mazurka ein gotischer Bogen oder eine Raketenstellung im Hunsrück, gleichfalls seiner Natur zuzurechnen. Das eine war der Preis für das andere noch, mir stands nicht zu verfluchen oder verdammen. Verglichen mit einem archaisch-natürlichen Ende, wenn der Kosmos einstmals verglühte oder erfröre, erschien mir die vorgezogene Auslöschung dieses Planeten durch sein Geschöpf den Menschen bedeutend rationeller und gleichzeitig angemessen absurd vor sich zu gehn. Mit solchen Trauerwürmlin im Kopf keinen selbstgefälligen Misanthropen abgeben war für mich in meinem Sumpf aufgestützt ebenso schwer wie gleichzeitig leicht. Ich brauchte mich nur im Spiegel eines Wasserlochs anzusehen oder durch das hübsche Fernglas zu blicken, das einem früheren Gehirne zu verdanken doch war, oder mich an einen Vers des Gryphius zu erinnern, und es war der Hochmut vergangen. Der schnelle Tag ist hin, die Nacht schwingt ihre Fahn. Gotteslästerungen sind mir verwehrt, weder kann ich abtrünnig werden noch als ein Renegat mit Ihm mich anlegen. Gott seine billige Planung, jeder frißt jeden zu seiner Zeit, nicht vorhalten und die unbedenkliche Verschwendung von einzelnen, eine Art für eine Weile aufsteigen zu lassen auf Kosten der anderen, bis ihr Stern den Zenit auch wieder verläßt. Es war mir nicht möglich, das Erbauliche finden, das in dem Gedanken lag, gegen Gott immer Unrecht zu haben. Die feige Flucht in die sanften Utopien, nein, ich konnte mich auch nicht mit dem paradiesischen Zustand als Gedankenspiel für eine kurze glückliche Frist befreunden, wo niemand Wolf oder Lamm war und Lamm nicht das Gras fraß, Gras das Moor nicht verdrängte. Nur sanfte Wellen, Gekräusel und sanfte Hauche, ich weiß nicht, was ich der Elster antworten soll, die mich nun überfliegt in ihrem schwarz-weißen Federkleid ohne verbindliche Abstufung drin, wenn sie lacht und mich fragt, was willst du, was schlägst du vor. Ich muß mit meinem Gehirn Mord und Totschlag annehmen und die Endlichkeit dieser Erde, über die der Komet wieder hinzieht, der Bethlehem-Stern.

Die Kühe gelangen auf ihre Wiesen und verlassen sie wieder, mal Wind, mal Sonne, eben der Garten in leuchtender Pracht, vergehen die Zwiebelgewächse, blühen die Rosen, entblättern sie sich, ich häufle Erde weit über die Wurzeln gegen den Frost, die Tage werden länger, ich lege die Rosen frei, ich häufle Erde ihnen über die Wurzeln, die Kühe verlassen die Wiesen, die Kühe tauchen auf in den Wiesen, die Schwemme des wilden Kerbels beginnt, der wilde Kerbel bricht nieder im Sturm, mal Sonne, mal Wind, das Gras wächst, das Gras wird gemäht, der Heuboden füllt sich, das Gras stellt sein Wachstum ein, der Heuboden leert sich, aus den Lämmern sind Schafe geworden, die Schafe sind tragend, der Fluß hat eine Eishaut, der Fluß läßt Seerosen springen, Wind und Sonne, perlgraue Wolken, Nebel und Schnee, das Siebengestirn, die Kühe werden abgetrieben, die Kühe werden ausgetrieben, ich häufele Rosen an, das Gras liegt vom Frost darnieder, mal Schnee, mal Regen, die neuen Lämmer werden geboren, das Gras wächst, der Krokos ist vorüber, die Kühe werden ausgetrieben, mal Sonne, mal Schnee, ich bin dem Wechselhaften eingebunden, es scheint mir lange zu gehn.

Inhaltsverzeichnis

Quellenverzeichnis

Die Texte wurden aus folgenden Bänden ausgewählt:

Seite 5 bis 21 aus »Erdreich«
© 1982 by Deutsche Verlags-Anstalt GmbH, Stuttgart
Seite 22 bis 39 aus »Katzenleben«
© 1984 by Deutsche Verlags-Anstalt GmbH, Stuttgart
Seite 40 bis 66 aus »Schneewärme«
© 1989 by Deutsche Verlags-Anstalt GmbH, Stuttgart
Seite 67 bis 86 aus »Erlkönigs Tochter«
© 1992 by Deutsche Verlags-Anstalt GmbH, Stuttgart
Seite 87 bis 107 aus »Bodenlos«
© 1996 by Deutsche Verlags-Anstalt GmbH, Stuttgart
Seite 109 bis 132 aus »Irrstern«
© 1986 by Deutsche Verlags-Anstalt GmbH, Stuttgart
Seite 133 bis 158 aus »Schwingrasen«
© 1991 by Deutsche Verlags-Anstalt GmbH, Stuttgart
»Allerleih-Rauh« erschien erstmals 1988
© by Deutsche Verlags-Anstalt GmbH, Stuttgart

Die Deutsche Bibliothek – CIP-Einheitsaufnahme

Kirsch, Sarah:
Luftspringerin: gesammelte Gedichte und Prosa /
Sarah Kirsch. – Stuttgart : Deutsche Verlags-Anstalt, 1997
ISBN 3-421-05105-4

Umschlagentwurf: Brigitte und Hans Peter Willberg, Eppstein,
unter Verwendung eines Aquarells von Sarah Kirsch
Vignetten: Christoph W. Aigner
Druck und Bindearbeiten: Friedrich Pustet, Regensburg
Printed in Germany
ISBN 3-421-05105-4